江苏高校哲学社会科学重点建设基地
吴文化传承与创新研究中心项目成果(编号:2018ZDJD-B018)

左手的修辞

——苏州文艺评论集

周国红 著

苏州大学出版社

图书在版编目(CIP)数据

左手的修辞:苏州文艺评论集 / 周国红著. —苏州:
苏州大学出版社,2020.11
 ISBN 978-7-5672-2962-4

Ⅰ.①左… Ⅱ.①周… Ⅲ.①中国文学-当代文学-文学评论 Ⅳ.①I206.9

中国版本图书馆 CIP 数据核字(2019)第 280908 号

书　　名	左手的修辞——苏州文艺评论集
	Zuoshou de Xiuci——Suzhou Wenyi Pinglunji
著　　者	周国红
责任编辑	周建国
助理编辑	成　恳
装帧设计	吴　钰
出版发行	苏州大学出版社(Soochow University Press)
社　　址	苏州市十梓街1号　邮编:215006
印　　装	宜兴市盛世文化印刷有限公司
网　　址	www.sudapress.com
邮　　箱	sdcbs@suda.edu.cn
邮购热线	0512-67480030
销售热线	0512-67481020
开　　本	700 mm×1 000 mm　1/16　印张:10.5　字数:165千
版　　次	2020年11月第1版
印　　次	2020年11月第1次印刷
书　　号	ISBN 978-7-5672-2962-4
定　　价	48.00元

凡购本社图书发现印装错误,请与本社联系调换。服务热线:0512-67481020

自　序

有时真不敢相信，这些文字是我自己写下的。

一个诗人，却写了这么多评论文章。在我的园地里，亲手插下的稻谷和飞鸟衔来的野麦相杂共生，远远看去，绿油油一片。它有外表的茂盛和内在的荒芜。

当我写下诗行时，文字像痉挛纠缠的线团，线头已无从寻找，穿扎、打结或者变色，被更多的笔墨涂改。而在我撰写评论时，语句如放学的小学生，你推我搡，嬉笑吵嚷，纷纷外窜，一句尚未写完，下一句就已来到了笔尖。

我怀疑，写评论时我不自觉地把笔换到了左手。那些词语敌视我写诗的右手，拒绝现身。它们与我写评论的左手共用一本暗语的词典，相谈甚欢。

阅读是寻找走散的亲戚。一经找到，心气相通，往来渐密，就会日久生情，就会用笔尖寻找文字。一串修辞的练习曲，在左手的五根手指上开花。

我觉得，那些学者教授从事的才是文学评论，我写下的只能叫作"评论文学"，算是诗余之乱弹。当然，我之意本不在评论，而在文学。"文学评论"是大会研讨，词语刚正；"评论文学"是朋友交谈，一论倾心。他们一眼看准了"珠"的价值，我却流连于"椟"的精美。"评论文学"虽然无甚高论，但穿的是便服，容易体现出文学的身段。

  本书中所评论的对象，基本上都是我所熟悉的师友，"文学上的亲戚"。我写下的一篇篇文字，有的是友情，有的是师教，有的是狂语，有的是暗喜。当年苏舜钦在岳父家夜读，用《汉书》下酒，每饮至一斗。而我则用所评论的这些诗画文章，饮下了五年间一个个白天与黑夜的空杯。更空的在头顶之上。

  天空离我太远，文学足慰我心。

  集中出版的这些文章绝大多数曾在各大报刊上发表过，在此表示感谢。更要感谢苏州市职业大学吴文化传承与创新研究中心为此书的出版提供的支持。

  是为序。

2020 年 3 月

目 录

上 编

隐秘的飞行
　　——车前子诗歌阅读札记　　　　　　　　　　　　／3

"时光在马厩中养马"
　　——小海诗歌论　　　　　　　　　　　　　　　　／14

个人史：重建生活的诗意
　　——胡弦诗歌的一个侧面　　　　　　　　　　　　／30

"在天空的视网膜上"
　　——论杨隐诗歌　　　　　　　　　　　　　　　　／41

谦逊的自我
　　——读臧北《有赠》诗集　　　　　　　　　　　　／52

无处归依的乡愁
　　——张口诗歌印象　　　　　　　　　　　　　　　／64

与江南对坐
　　——读贡才兴诗歌随感　　　　　　　　　　　　　／67

心灵的讶异
　　——评2017年小诗人奖获奖作品　　　　　　　　　／74

在2 500年的阴影下
　　——新诗与传统漫谈　　　　　　　　　　　　　　　　/ 79

中　编

"傲慢"与"偏见"
　　——论车前子散文　　　　　　　　　　　　　　　　/ 87

人生何处不相逢
　　——读《陌生的朋友：依兰·斯塔文斯与小海的对话》随感　/ 98

现代"离魂记"
　　——读葛芳短篇小说集《六如偈》　　　　　　　　　　/ 101

一壶往事胸中浮
　　——序蔡猜散文集《安静地行走》　　　　　　　　　　/ 108

低处的风景
　　——评杜怀超散文集《苍耳：消失或重现》　　　　　　/ 113

逸出人世秩序的镜阵
　　——读葛芳小说《消失于西班牙》　　　　　　　　　　/ 120

文学情怀，书生意气
　　——读《梦入江南烟水路》　　　　　　　　　　　　　/ 124

下　编

拿一只放大镜从门外看车前子的画　　　　　　　　　　　/ 131

"软硬"兼施话秋一　　　　　　　　　　　　　　　　　　/ 135

纸上烟云，江南旧梦
　　——读孙宽画作　　　　　　　　　　　　　　　　　　/ 137

梦里青绿，诗意田园
　　——读陈危冰画作　　　　　　　　　　　　／141

敏悟常与变，合道得天真
　　——画家张小芹印象　　　　　　　　　　　／146

筑梦人
　　——说蔡猜的画　　　　　　　　　　　　　／151

"渭北春天树，江东日暮云"
　　——读徐贤画作　　　　　　　　　　　　　／155

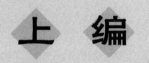

隐秘的飞行

——车前子诗歌阅读札记

车前子的诗歌呈现的是简洁与纷繁之美的两端：要么非常简洁，如格言，如祭祀的密语，充满了令人猜疑的暗示，它是高度提纯和概括的，比如《就像最先醒来》《即兴》系列以及《无诗歌》系列作品；要么耍弄各种语言的花招，使尽浑身解数，编织语言的宋锦，比如《钟表店之歌》《胡桃与独白》《南方与胡同》等作品。最近，汇集了他从1978年到2016年之间创作的诗歌精选集《新骑手与马》正式出版，我们可以比较全面地欣赏到车前子诗歌的各种风格。

一

车前子的诗歌是一种突然而起的飞行。这种飞行，没有任何准备动作，要说有的话那他也只是在心中助跑。如同一只苍鹰，"鼓着铅色的风/从冰山的峰顶起飞"[①]，翅膀上落满大雪，在一片苍茫与空无中，拖着巨大的阴影滑过祖国的山川、河流与田野。博尔赫斯认为，一个诗人的工作，就是塑造他自己的形象。我看到了车前子御风而行的形象，他的本质是自由，这是他的诗歌的第一个关键词。他享受着自由飞行的快乐——在语言的翅膀上，风送来了水汽和远处的河流与村庄的影子。从天而降的阴影，给地上的人带来了不适感。他的散文，是慢慢上升的，从广阔的平原

[①] 昌耀. 鹰·雪·牧人 [M]. 燎原, 班果增. 昌耀诗文总集（增编版）. 北京：作家出版社, 2010：2.

过渡到起伏的丘陵，最后才是莽苍蓊郁的山林。而在他的诗歌中，一步即悬崖，一步即飞越城市和丛林。在诗歌创作上，车前子是孤独的，也是骄傲的，这是他给自己设定的角色形象：

  前卫风度的独角兽，
  没有人文关怀。它是兽，
  你让它证明什么？
  它是独角兽，从黄色的官殿，
  突围，进入；
  象牙塔，花梗一样烂掉。
   （《即兴（独角兽之五）》）

独角兽，就是天马，天马行空，它是飞行物，在匍匐于地的眼睛看来，它可能还是不明飞行物。"优秀的诗歌，是人类早期暧昧天空中划出的飞行器"①，可惜这飞行器如彗星一般几千年才能出现一次。在汉语的诗歌编年史中，两千年前有了绝云气负青天的鲲鱼，水击三千里；一千年前还有神游八极之表的大鹏，簸却沧溟水；而今天只有筑巢于树上的野鸡，在扑腾中掉落几片羽毛和粉色的诅咒。物种的退化如斯。尽管如此，"诗人（仍然）是一种飞翔的动物，不一定是鸟，……可能是天马。也可能是斗鸡、斗牛——它们都有飞的感觉。或者确切地说，诗人是一种感觉飞翔的动物"②。这种飞翔带来的是空前的自由感。艺术精神，说到底就是自由，人通过艺术将自由显形出来。有诗人说："诗歌就是那把自由和沉默还给人类的东西。"在诗歌的语言积木游戏中，车前子窥见了人生的奥秘，在羁绊环伺的世界里，诗歌是唯一的自由空间。所谓自由，其实就是"落花人独立"，花开花落，但人独立在山巅。在一个合唱的时代甘愿做扣舷独啸的歌者，在众人做同一个梦的时候，只想"举杯邀明月，对影

---

① 车前子. 目木楼创作谈[M]. 周国红，朱锦花. 苏州作家研究·车前子卷. 上海：复旦大学出版社，2008：16.
② 车前子. 目木楼创作谈[M]. 周国红，朱锦花. 苏州作家研究·车前子卷. 上海：复旦大学出版社，2008：22.

成三人"。

>人睡入
>宇宙。
>
>头顶——血
>在交配。
>（《无诗歌》）

这首诗创造了一种惊异，大生命的惊异。这首诗把生命扩充到天地宇宙那么大，人与宇宙几乎合一，于是便没有了其他人或物的立足之地，其他人或物统统被挤出。"诗歌表达的是我们不可能拥有之物的本质。"[①] 车前子决心以高速飞行来捕捉，顺便抛洒一些语言在天幕上划过时发出的五颜六色的火花。当他在天梯上自由地垂直上下时，给观看的镜头带来一阵晕眩，不同的水平线带来了逐渐下降的刻度——它最终完成于神像匠人手中。

就像齐奥朗以一生为代价来坚守孤独一样，车前子决心不惜一切代价来维护这种自由。徐复观说："文学艺术的高下，决定于作品的格；格的高下决定于作者的心；心的清浊、深浅、广狭决定于其人的学，尤其决定于其人自许自期的立身之地。"[②] 考虑到这一点，我认为车前子的牺牲是值得的。

二

从20世纪70年代以来，在车前子几十年的诗歌创作生涯中，他持之以恒地咬牙坚持做的一件事情，就是努力将自己的诗歌从众人中抽拔出来。不仅是从普通读者，也从诗人中抽拔出来。他几乎是以一种决绝的态

[①] [法]萧沆. 解体概要[M]. 宋刚，译. 杭州：浙江大学出版社，2010：162.
[②] 徐复观. 溥心畬先生的人格与画格[M]. 台北：台湾学生书局，1991：346.

度坚持着一种神秘、私人化的诗歌写作。神秘是车前子诗歌的另一个关键词。区别于大多数诗人惯于以个性化的方式来表达公共经验和情感,车前子表达的更多的是私人化的经验。只有当这私人化的尾巴刚好落在阳光下,它才表现出公共性。即使是飞行,他也是隐秘的,拒绝阳光普照和镁光灯,他选择锦衣夜行。关于这一点,车前子自有他的说法,那就是诗歌的"核武器说":

> 诗接近尖端科学尖端科技,就像研究核武器一样,甚至还需要保密。诗可能就是核武器,这更是比喻。反对核扩散,我也反对诗扩散。反对核讹诈,我也反对诗讹诈——比如说什么诗是文学的精华、与神的对话、宇宙的真理、人类的良知和灵魂。①

他并不是把诗歌降格,不是的,他只是要让诗歌回到诗歌本身。然后,以诗歌本身的名义,去为它赢得荣誉。这是要卸下附加在诗歌上的过多的负载,让诗歌成为诗歌,让骆驼成为骆驼,而不是战略运输工具。他是诗歌秘密的坚定守护者,但这种守护的目的并不在秘密本身,而在于它解密时内外压力之差所带来的巨大冲击力。

就像最先醒来
咬出白来,泻入大海的湖水。

咬掉一半,黄色的石窟,兜底
一根绳子用两头回合,撞坏伤口现身说法的
说法。
2000,1,30,午夜
　　　　　　　　(《就像最先醒来》)

---

① 车前子. 目木楼创作谈[M]. 周国红,朱锦花. 苏州作家研究·车前子卷. 上海:复旦大学出版社,2008:21.

这也许是半睡半醒状态下的混沌潜意识图景，也许是一星半点的感觉纤维摆成的图案。这个梦境，它只为诗人而存在，没有对外的入场券。语言的侍卫守在门口，仅仅通过写作，他与世界和自我建立联系。将目光收回聚焦于内心，在与自我的对话和反驳中完成诗歌的创作，同时也完成对自我的确认。他只为自己而创作，在创作中雕刻自己的头像。从真正意义的创作层面来说，诗人并不需要读者和这个世界，相反是读者和世界需要诗人。

> 胡桃是一座学校
> （独白：学校是一只胡桃）
> 绿眼胡桃，饱满货郎的
> 一所白天，绳索下
> 眺望河床上的床单
> （独白：从火车中擦掉
> 豆色的头，灰色的头）
> 胡桃拔尖的山坡上
> 它在口袋里装着墨水瓶
> 我们机械边找到洗手的药水
> 　　　　（《胡桃与独白》）

"没有神秘，也就没有诗歌。没有晦涩难懂，也就没有身体。"[①] 这一只角的野兽，为一种秘密的激情所裹挟，在体内的空虚与暗喜之水冲击激荡之下，将错位时空的几块碎片补缀成一块蓝印花布。这些收集、珍藏的彩色糖纸或马赛克瓷砖，在意念的拼装之下，成功复位，焕然一新。踩踏花丛之后，它的所见与表达必定是与众不同的。《螺蛳文本》是另一种拼贴，更大的拼贴。这是一个很有意思的文本，在一个总引子或者小序之下，是不同场景、不同想象的六章诗歌，那就像这个文本有六种不同的写

[①] 车前子. 目木楼创作谈 [M]. 周国红，朱锦花. 苏州作家研究·车前子卷. 上海：复旦大学出版社，2008：22.

法，有六种可能性，如同一个生命的多个侧面。也许这些侧面同时或先后在他的生命中存在过，但当它们被并置在一起，就显示了生活向多方面敞开、向多方向生长的面貌。

  面对车前子这一隐秘的书写，诗歌写作仿佛就不仅仅是"积德"，"它又像与人间交恶"①。而他竟然认真给出了一个解释："诗一方面用来交流，另一方面，它也希望隔绝。在交流中独立。"② 这里显出了车前子的一份厚道。而阿兰·巴迪欧则更直接："诗不存在于交流之中。诗歌没有需要传递的东西。它只是一个表达，是一项仅仅从自身获取权威的声明。"③ 而且从根本上说，诗人只有写的义务，没有解答的义务。一个诗人向别人解读自己的诗歌，就像向人坦白自己不可告人的秘密。那是一种残酷的刑罚。奥克塔维奥·帕斯说："诗是无法解释的，但并非不可理解。"④ 搭成恐龙的积木，一旦拆解，它会碎成一摊零散的木块。但诗人并不打算告诉你这是一只恐龙。

  与有的诗人将诗歌无限拔高的做法不同，车前子一直努力在做着减法，为诗歌祛魅，剥去金边，还其真身。但是，如前所述，他认为"诗接近尖端科学尖端科技"，在不自觉间他又将自织的锦袍披在诗歌之上，或者说往诗歌上加载自己定义的头像。这是一种矛盾，它出现的原因在于诗人对一类诗歌极端的爱与对另一类诗歌极端的恨。你拿掉了一些东西，你必将放一些东西上去。矛盾，常常代表了更内在的真实。

三

  如果要问车前子关于诗歌的看法，我相信他会这样回答："诗歌在我

---

  ① 车前子. 河边井边床边天边路边［M］. 新骑手与马. 南京：江苏凤凰文艺出版社，2017：42.
  ② 车前子. 河边井边床边天边路边［M］. 新骑手与马. 南京：江苏凤凰文艺出版社，2017：42.
  ③ ［法］阿兰·巴迪欧. 语言，思想，诗歌［J］. 伊索尔，译. 诗选刊，2008（8）.
  ④ ［墨西哥］奥克塔维奥·帕斯. 论诗与诗人［J］. 郭惠民，译. 世界文学，1991（3）.

看来，是一个奇谈怪论、想入非非、不得而知的——乐园。"① 好玩或乐趣，是他的诗歌的第三个关键词。写诗近四十年，他不仅没有一点停止的迹象，而且越写越放松，越写越贴近自我，他从写作中体会到了特殊的乐趣。从新唐诗，到原样诗人，到行为主义……他在玩的道路上乐此不疲。在 2007 年前后，车前子和苏州的一批诗人、艺术家同仁一起办过一个民刊，名字就叫《玩》。而在《再玩一会儿》一诗中，诗人对自我（或诗人群体）进行了严厉的审视与回顾。一个人是一切人，一切人又是一个人。"是我。再玩一会儿吧。"这单独成节的诗行，我读来总感觉它是来自那最高的立法者，他也感到了寂寞，也冀望玩得快乐。但也许它是诗人对自己的召唤和规劝。这种玩的精神，是一种纯粹的艺术精神和状态，没有利害考虑，没有崇高目标，它关注的是"玩"本身，在卸下一切之后，精神之眼准确地窥见艺术的纯粹与自由。我觉得，玩恰恰是车前子几十年保持诗歌写作旺盛生命力的秘密所在。道德真理、人间大义容易让人生累生厌，而玩乐却没有尽头。诺贝尔奖获得者理查德·费曼在《别闹了，费曼先生》一书中说他在科学上取得这么大成就的秘诀就在于玩，喜欢什么就玩什么，只考虑爱好与快乐，不管其他。在最高的准则上，科学与艺术是相通的。

在《即兴（独角兽之五）》一诗中，车前子对此进行了淋漓尽致的书写：

前卫风度的独角兽，
没有人文关怀。它是兽，
你让它证明什么？
它是独角兽，从黄色的宫殿，
突围，进入；
象牙塔，花梗一样烂掉。
它所有的奋斗，为了乐趣——
把自己想象为前卫风度，一种乐趣；

---

① 车前子. 目木楼创作谈［M］. 周国红，朱锦花. 苏州作家研究·车前子卷. 上海：复旦大学出版社，2008：20.

> 没有人文关怀，一种乐趣；
> 把自己想象为能够突破和一座——
> 黄色的宫殿，一种乐趣；
> 把自己想象为恶魔，乐趣更多。
> 花梗一样烂掉的象牙塔是另一种乐趣。
> 把自己想象为是独角兽的一只独角兽，
> 就像把自己想象为是人的一个人，
> 高高秋月挂长城，那一个人在这里

  这几乎是他的自我写照和宣言书！乐趣，乐趣，再说一遍，他关心的只是乐趣，或者更多的乐趣！最后一句"高高秋月挂长城，那一个人在这里"说得再明白不过，"那一个人在这里"，就是"我"，就是诗人自己，他为乐趣而生。在玩中品味、感受诗歌的乐趣，它带来的是精神上的放松、打开，一种超脱了凡尘负累的轻逸状态，随时都能将诗歌收之在手。与此相联系的，是其诗歌创作上的"年轻态"："诗创作对我而言永远是开始，我愿做一个学徒，做到老。"① 在这样一个"乐园"里，永远不用担心开始得太晚，也永远不会满足于自己所写的，每天都乐此不疲地开始新的玩法，新的实验，尽情地享受着语言的狂欢，那些像水红菱一样新鲜的诗意也就在一个不自知的瞬间浮出了荷塘的水面。而在编织诗歌的织物时，车前子又是老老实实、认认真真的，他以一个"学徒"的心态，将诗歌语言运用到极致。

  对于这种语言的狂欢，车前子并非没有反思，他写出的一系列极简之作，可以看作是一种有意识的自我平衡，或狂欢之后的平复。我甚至觉得，他在《即兴（猴子）》中提出了一种自我警醒的暗示：

> 我终于忍痛割爱。
> 放走那只与我常年为伴的猴子，

---

① 车前子. 答《诗选刊》问［M］. 周国红，朱锦花. 苏州作家研究·车前子卷. 上海：复旦大学出版社，2008：51.

它毛色蜡黄，像纵欲过度的措辞，
"除此之外，一筹莫展。"
蹲在夸张的两腿上面，猴子
大概至死也不会明白我的苦心。
放走它，对我俩真是酷刑。

当语言如毛躁的"猴子"一般总是按捺不住时，车前子开始意识到语言过度使用的问题，学会"忍痛割爱"。2015年他出版了一本诗集《正经》，但他并没有变得"正经"起来或不再玩了，而是更加"一本正经"地玩，自得其乐地玩，因为，玩，是一种文化本性。

四

车前子对汉字有一种迷恋。他不止一次谈到汉字的独特魅力，认为它与我们周遭之物"秘响旁通"。稍稍回想一下汉字久远的历史，就会惊异于它几千年间的流传有序和对当下事物仍能保持准确指涉的特点。一个黑方块的汉字，就是一个碳同位素，可以探测几千年前的沧桑风物，它的身上叠合着不同时期的历史身影。每一个汉字都暗藏着丰富的文化心理密码，它像一个在时间的流沙中不断被包裹、加密、压实的琥珀，那是致密之核，一旦打开，就会爆出丰富的诗意。

"从汉字出发，抓住直觉，暂且把诗歌放在一边；抓住欲望，暂且把知识放在一边。"[①] 这是车前子关于如何写诗的经验之谈。"字思维"是他的诗歌的第四个关键词。在他这里，汉字和直觉、想象紧密相连，几乎是等同的。有诗友说到，与其他诗人依靠情感、回忆或现实触发的创作冲动不同，面对一个汉字，车前子就可以产生一种自发创作的内在冲动。一根隐形的导线将他与汉字联结起来，他对汉字有一种灵魂附体般的体悟，在相遇的那一刻有如神助般将汉字的蓄积信息挥发到极致。其最典型者，是

[①] 车前子. 答《诗刊》问 [M]. 周国红，朱锦花. 苏州作家研究·车前子卷. 上海：复旦大学出版社，2008：56.

利用汉字的歧义或谐音来制造诗意碰撞：

> 湖中的羊毛，水在涨
> 垫高牧羊人
> 夜潮下面
> 厚厚的一层
> 水在涨，涨过那里
> 才算看到
> 垫高的牧羊人
>
> 我想我已经长大
> 不需要主见
>
> 　　　（《父亲》）

在诗人的笔下，"父亲"摇身一变化身为"牧羊人"，那也是上帝的别名，他还有另一个别名："主"。"我""不需要主见"，其实是不需要主（上帝）之见，因为"我已经长大"。这最后两句中暗含的两种含义，像拔河的两端，蓄满的张力让语言的绳子震颤不停。其他如"我们睡大 觉觉得不错"① 的粘连（《流畅的时代病》）、从"干巴马"到"干爸爸"的滑动（《上校泥巴》）等皆类此。《柱十四根》一诗则将谐音特点发挥到极致，用读音为"zhu"的一组字，通过并置、组合的方式来结构诗歌。他还写过《柱一根》《柱两根》……也许这只是他所写的关于"柱"的系列诗歌之一，但你也可以认为它是用十四根"柱子"（这首诗里，读"zhu"音的刚好十四个字）撑起的屋顶。毫无疑问，这是游戏之作，是思维和语言的练习。除了谐音，车前子还充分利用汉字象形的特点，比如《编织车间》是一个"人"字的矩阵，横向16个、纵向7个。我第一眼就想起了纺织车间里一排又一排的纺织女工。

---

① 作者注：原文如此，字间有空格。

下下下下下下下下下
下下下下下下下下
下下下下下下下
下下下下下下
下下下下下
下下下下
下下下
下下
不
止
上上
上上上
上上上上
上上上上上
上上上上上上
上上上上上上上
上上上上上上上上
上上上上上上上上上

（《左面增加一撇一竖：不，止！》）

  这里是谐形，这可能是象形汉字更为根本的特点。"下"加一撇成为"不"，"上"加一竖为"止"，上下对称，它是汉字的生长，同时也是文化的生长和历史的生长。而"不止"似乎又暗示着这种生长的没有尽头，生生不息。这些一字排开的方方正正的字符串，仿佛活字印刷里的一个个活字坯，又如秦始皇陵里面目安详而又始终沉默的兵马俑，在绵延、亘远的历史长河中，逼视着我们。

"时光在马厩中养马"

——小海诗歌论

在当代诗坛,小海是从 20 世纪 80 年代以"村庄"系列诗歌走进人们视野的,而此后他似乎一直保持着偏离中心的位置。从 80 年代后期第三代诗歌的喧嚣,到 90 年代"盘峰诗会"及其余绪,再到 21 世纪各种诗歌事件,其中都很难找到他的身影。这种持续的偏离表明这是一种自觉的选择。小海曾回忆说:"'九叶诗派'的陈敬容先生在我少年时代曾跟我说过,要和自己的同代人、甚至和自己的写作都要保持一点距离。"① 不过,在写作上他一直是一个诗歌的在场者,他只以文本说话,不仅推出了多部诗集,还写作了大量的诗论、随笔、对谈等文章。创作诗歌四十年,小海的诗歌面貌发生了很大的变化。比如,近些年来,他陆续推出的《大秦帝国》和《影子之歌》等长诗又让人看到了他的诗歌的另一面。还有论者指出小海的诗歌存在着从 20 世纪 80 年代的着重自我表现到 90 年代注重客观呈现之间的转变。② 余生也晚,作为新时期诗歌的一个姗姗来迟的阅读者,小海的诗歌并没有带给我这种明显的转折感。如果说有所谓的转折感,那也是一种其诗歌内在的自然的生长。他如一名长跑健将,不在意一时一地的进退,只将眼睛瞄准那终极的目标,在文学这"终生学习而不可能毕业的一所学校"③ 里,乐此不疲。

---

① 羽菡. 遇见·你——艺坛名流访谈录(下)[M]. 上海:上海辞书出版社,2017:248.
② 曾一果. 贫困时代的抒情诗人——论小海的诗 [J]. 作家,2007(1).
③ 小海. 男孩和女孩:小海诗集(1980—2012)[M]. 太原:北岳文艺出版社,2016:2.

一、泉水流下山涧

在中国诗歌传统中，抒情才是正统。比如周作人就认为诗歌的本质是抒情。即使在叙事诗比较发达的西方，抒情诗也享有明显的优势地位。和大多数诗人在创作初期以抒发感情为主要目的不同，小海似乎对此并不感兴趣，或者说对浪漫主义式的直接抒情兴趣不大，而更倾向于将情感深藏在叙述性的演进中。这一看似逆潮流而动的行为，却暗合了诗歌发展的大势。20世纪90年代以来，作为对80年代高蹈诗风的反拨，叙事性与及物写作成为一个标志性事件。但小海的特殊之处在于，他操持叙事话语来创作纯粹是出于本性，而并非策略上的考虑。面对着日常生活的琐屑，他用主体精神介入并将它照亮，通过叙事化的语言编织，呈现出一个具备深度阐释可能性的空间。通过讲一个故事，将胸中的记忆情怀和历史块垒包裹在其中。比如他为人所熟知的代表作《必须弯腰拔草到午后》和《北凌河》皆可做如是解读。这一点即使在他早期的作品中也已经显露出来：

他是个浪子
不想家
也不要老婆

他的父亲死去以后
他匆匆赶回来
照料年迈的母亲
多余的时间
就独自坐在窗前
想些遥远的事

他的母亲爱他
往往起得很早

>   为他摘一束春天的花
>   并且深深吻他
>
>   那是个坏天气
>   在大雨中的街上
>   他分明听到一个少女
>   吹着口哨在奔跑
>
>   　　　　（《老家》）

这首诗写于他17岁时，它以口语化的叙述语言，向我们呈现了一个浪子的离乡与归乡之路，简洁、平静，它的诗意蕴藏在它的语调和叙述的节奏之中。当然，仔细体悟，在微微晃动的海水下，仍然可以感觉到内在的悸动。这首诗还显现出外国文学，尤其是拉美文学对他的影响。比如"他的母亲爱他/往往起得很早/为他摘一束春天的花/并且深深吻他"这一细节，有着明显的西方文化的影响，在20世纪80年代初的中国本土是难以想象的。小海曾经在《胡安·鲁尔福，源头性的作家》一文中谈到他从少年时代就读到鲁尔福，并强调了这位墨西哥作家对自己的影响："他却让我心醉神迷，甚至对我'村庄与田园''北凌河'系列组诗产生过重要影响。"[①] 这种影响可能是多方面的，对人性的理解，对语言的驾驭，对叙述与想象力的倚重，等等。鲁尔福的祖国墨西哥是一个海洋国家，与此类似，小海的家乡海安县东临黄海，所以他的诗歌中尤其是早期诗歌中总能读到一种海洋的气息。比如写于1982年的《梦》和《K小城》，前者类似于一幅对着大海敞开窗口的油画作品，而从后者中读者可以更明显地感觉到大海的腥咸，海风的吹动，沙滩上孩子们的奔跑和喊叫。同样，这两首诗都是以叙述来承载起整个诗意。可以看出，在这些早期的作品中，他的诗歌特质已经初步显现出来，概而言之，即在一个叙述性的结构中，通过语感推动诗歌向前发展，将那些日常生活的瞬间或片段定型、稳定下来，将经验、感情码放在其中，等待着阅读者去打开。在他的诗歌中，很

---

① 小海. 胡安·鲁尔福，源头性的作家[J]. 世界文学，2018（5）.

少能找到直接、浓烈的情感宣泄或自我表白,更多的是一种生活的明朗、开阔,像大海一样在远处照耀你。

  下午,你搭车
  来我这儿
  你跟我说过的话可不要忘记
  是或者不是
  这样的天气承蒙你来看我

  你看我变得花言巧语
  善于幻想而终归现实
  看见你,我打心眼里高兴
  你没变,还是老样儿
  总喜欢提起往事
  在往事里你可不是主角王子之类
  你究竟厉害
  忧郁也总能化成泪水

  那么,你是愿意告诉我
  你有一千个念头
  就是你,不当个诗人。
      (《搭车》)

  很明显,这首诗表达了关于友情与青春的梦想,但诗歌的内容是极其平常的,它们甚至很难构成一种故事性的吸引。在这首诗中,吸引人的不是它的内容,而是它的语调,是语调中所包含和呈现出来的情感。诗歌在形式上很自然随意,长短相间,整首诗读下来,有如泉水从悬崖之中潺潺而下,在这潺潺之声中,流淌出一种生命的愉悦与欢喜。其他如《周末》《读诗》《老地方》《行为》等皆与此类似。《行为》的内容更为简单,写的是四个朋友爬到一座山顶挖洞、栽树、浇水的经历。在此，惯常的抒情性写作几乎毫无用武之地，而小海用叙事之线将具体的细节一一串起来，呈现在读者面前，语调生动、活泼，词与词亲密无间，我们仿佛看见四个年轻人嘻嘻哈哈着相互插科打诨。这是一次简单的经历，一个回忆，叙事化手法将它在时间中慢慢展开，再次复活。语言将时光固定下来，将我们送回过去，我们和诗人一起在过去的某一瞬间共同生活了一次。值得注意的是，《行为》写于 2008 年，距离小海开始诗歌写作已经过去将近三十年，这说明这种创作手法在他的诗歌写作中构成最基本的方面。

　　小海曾经给女儿写过很多诗歌，父亲对女儿的爱触及的是心灵最温暖的部分，它几乎是世界上最柔软的东西。但即使在这些本来最倾向于以纯抒情的方式进行诗歌组织的地方，小海仍然退后一步，将似水柔情化作一个个明亮、开放的叙事化场景来结构起整体的诗意。比如其中一首：

　　　　等待涂画归来的
　　　　是两个人
　　　　一个呆在四楼的客厅
　　　　一个在楼梯上伫立

　　　　等待涂画归来的人
　　　　都走到了客厅
　　　　风刮进来
　　　　翻开又合上桌上的报纸

　　　　天变黑
　　　　蹦出许多雨点
　　　　慌乱地砸在窗玻璃上
　　　　两个在客厅等涂画的人
　　　　皱着眉
　　　　好像在暗中较劲

电话响了
一个人拿了伞冲下楼
都没看清那把伞的模样

（雨小了
像偶尔穿城而过的一位客人
拍了拍涂画的头顶）

另一个人终于在客厅坐下
拿起报纸似乎要读
却始终没有发出任何声音
　　（《等待涂画归来》）

  夫妇二人在等待女儿的归来，他们的焦急、担忧和怜爱涌动着，但诗人"命令"他们沉默，让时间推动着每一行诗句向前，时间过去得越久，期待之情也就越深。正是在这叙述的层层推进中，诗歌蓄积了巨大的力量，所以当"天变黑/蹦出许多雨点"，它就在一个临界点上将这力量突然释放："一个人拿了伞冲下楼"。全诗纯以一个一个画面来呈现，画面无声但含义丰富、感情饱满，比单纯的抒情更有力，更令人印象深刻。它将一个具有纪念意义的现场固定在时间里，让它在多年以后仍放射着光芒。

  小海的北凌河永远在流淌，它是时间之河，也是叙事之河。这些诗歌，因了叙事的介入，显得硬朗，智性，沐浴着阳光。阳光照彻一切，光线的角度照射到哪里，哪里就将其呈现出来。借此，诗人方能适时而准确地对复杂多变的生存经验进行处理，而诗人也由此"获得介入现实、与现实对话的从容的心性和能力"①，这种"从容的心性和能力"让诗歌的表达变得优裕有余，免于受到现实、情感的直接牵制，使小海的诗歌显现出一种轻逸的特点。它经过了复杂的内在转化和高度的提纯处理后，期待带着读者一起飞跑，而并非将读者拉入沉重的河流之中。在《新千年文学备

---

① 李志元. 当代诗歌话语形态研究［M］. 北京：人民文学出版社，2011：214.

忘录》中，卡尔维诺从语言之轻、深思之轻以及象征之轻等方面对何为"轻"进行了详细阐述。① 可以看到，这些在小海的诗歌中都有着很好的体现。前面所举《老家》和《搭车》很典型地体现了一种语言之轻逸，它们语言质地透明、轻盈，滑行在回忆之上，"似乎去除了语言的重量，使得语言也达到类似月光的程度"②。而在大多数时候，这种轻逸是以一种综合的形式显现出来的，比如：

> 从嗜睡症里醒来的大山
> 将周游世界的旅行团
> 困在公社遗址上
> 用这把铁锹
> 继续问路吧
>
> 谁都不关心
> 自己死的时候是什么样子
> 谁会关心呢
>
> （《庞贝古城》）

面对庞贝古城这一历史和现实的高密度堆积物，诗歌从一个旅行的画面引发，并从一开始就逸出了历史积淀的维度，将感情和历史的原子溶解于智慧的审视之中，诗歌因而变轻。而叙事化的结构方式又为诗歌带来了更多的动能，去除了抒情的黏滞感，使诗歌轻盈地飞翔在历史的废墟之上。需要说明的是，这里所说的"轻"指的是一种特殊的诗歌审美，它与诗意之重并不矛盾，也并不意味着诗歌质地的弱化，毋宁说它更强调的是诗人在面对现实、处理现实时所体现出来的将历史、经验、记忆、情感等进行溶解、变形的综合处理能力。这也就是卡尔维诺所说的"文学作为一

---

① ［意］伊塔洛·卡尔维诺. 轻［M］. 黄灿然，译. 新千年文学备忘录. 南京：译林出版社，2009：20.
② ［意］伊塔洛·卡尔维诺. 轻［M］. 黄灿然，译. 新千年文学备忘录. 南京：译林出版社，2009：26.

种生存功能，为了对生存之重作出反应而去寻找轻"①，从而做到让诗歌如"迅捷的闪电逸出黑暗"②。关于这一点，保罗·瓦莱里有一个精辟的譬喻："应该像鸟儿那样轻，而不是像羽毛。"③ 比如小海的《1957》这首诗，一个特殊的历史年份牵动的历史之痛，直到今天还能触摸到。作为一种回返的现实之重，它对诗人散发着巨大的吸引力。但小海只从一个女人的角度来写，将它作为支点，撬动了整个历史记忆。所以，作为作家，要学会像鸟儿那样，发挥主体的能动性，自主地挣脱黑暗大地的引力，以一种化重为轻的姿势飞翔在生存之上。

二、寓言的窗口

在小海的一部分作品中，这种线性的叙事性话语方式发展为寓言化的审视和反讽。曾一果曾以"贫困时代的抒情诗人"为题论述小海诗歌④。这个标题无疑是来自本雅明的《发达资本主义时代的抒情诗人》，众所周知，在这部作品中，本雅明评论的是法国著名诗人波特莱尔。除了波特莱尔，还有卡夫卡，本雅明将他们看作典型的"寓言性作家"。这里所谓的寓言，主要不是指文体意义上的，而是指一种眼光，一种观照世界、表达世界的思维方式。它对应的不是英语中的"fable"或"parable"（它们指的是讽刺性、劝谕性的小故事）而是"allegory"，意为"以另一种方式说话""别样的方式言说"。⑤ 毫无疑问，本雅明正是在这个意义上使用"寓言"这一概念的。在新时期的诗歌表达中，时代语境的变化使诗人摒弃了直接表达的写作方式，产生了对回环曲折表意抒情的需要。因此，"以另一种方式说话"的寓言性写作也就成为诗人的必然选择。正是在这个意义

---

① ［意］伊塔洛·卡尔维诺. 轻［M］. 黄灿然，译. 新千年文学备忘录. 南京：译林出版社，2009：16.
② ［意］伊塔洛·卡尔维诺. 轻［M］. 黄灿然，译. 新千年文学备忘录. 南京：译林出版社，2009：28.
③ ［意］伊塔洛·卡尔维诺. 轻［M］. 黄灿然，译. 新千年文学备忘录. 南京：译林出版社，2009：16.
④ 曾一果. 贫困时代的抒情诗人——论小海的诗［J］. 作家，2007（1）.
⑤ 陈峰. 本雅明的寓言理论研究［D］. 扬州：扬州大学硕士学位论文，2012：10.

上，弗雷德里克·詹姆逊认为"寓言性是文学的特性"。处在当代中国的小海，与走在巴黎街头的波特莱尔既有相似之处，也有不同之处。相似之处在于，小海和波特莱尔都将自己放在一个时代的审视者的位置上，来观照日常生活之中的当下生存，然后用寓言化的语言魔法棒点化出生存背后隐藏的东西。不同之处在于，小海身上没有波特莱尔那种忧郁性的东西（这可能与他早年深受海洋、阳光之影响有关），没有对糜烂、颓废的迷恋，他跳出了这些，他更多的是站在一个旁观的位置上，记录这个时代，省思这个时代：

> 十点钟
> 刚刚入睡尚未暖席
> 对面阳台的鸡叫了
> 带着怯意的咯顿
> 初次打鸣的雄鸡
> 它的生物钟拨错了时辰
>
> 有人下床到阳台拾掇
> 鸡扑腾几下
> 叫声惊慌、短促
> 两只鸡爪在互相蹭擦
> 叫声开始像小鸟般甜蜜
> 这不可以，它被装进纸箱
> 拎进了厨房或者贮藏室
> "要不要喂点什么"
> "傻瓜，夜晚它什么也看不见"
>
> （《鸡鸣》）

　　这首诗写于1991年，诗歌有着明显的寓言性意味。一次"拨错了时辰"的深夜"鸡鸣"，可能是诗人无意中遭遇的某只家禽的生物钟错乱，也可能是在"夜晚它什么也看不见"的情况下，在心智迷失之时的一种盲动或不安。这首诗歌颇具卡夫卡小说的意味，在乖谬、戏谑之中，暗藏着悲伤的因子。当诗人以现代智慧照亮它，它就准确地对应了现代生存里爆发出的心灵焦虑和茫然不知所措，它"以一个小吟述点，自然而然（化若无痕）地拎出更博大的生存情境"①，由此"个人的'小型'经验陡然拥有了对生存的寓言性功能"②。从这个意义上说，这首含蕴着时代的深思和感悟的诗歌，也是一声警示般的啼鸣。而要实现这种"以小博大"的效果，在诗思的运行过程中，想象力具有特别重要的作用。美国文学理论家韦勒克和沃伦就认为"虚构性（fictionality）、创造性（invention）或想象性（imagination）是文学的突出特征"③，值得注意的是，他们是将"想象性"与"创造性"等同的，也就是说，没有想象就没有创造，两者是合而为一的。已故著名评论家陈超曾从当代历史语境出发提出"个人化历史想象力"的概念："它是指诗人从个体主体性出发，以独立的精神姿态和个人的话语方式，去处理我们的生存、历史和个体生命中的问题。"④他同时强调："个人化历史想象力，应是有组织力的思想和持久的生存经验深刻融合后的产物，是指意向度集中而锐利的想象力，它既深入当代又具有开阔的历史感。"⑤要实现对历史和现实的寓言化处理，观察与省思只是完成了诗歌创作的准备性工作，而更重要的是，以高超的想象力为之赋形，让诗歌以恰当、准确的方式现身。当寓言性诗歌一经完成，它就呈现出一扇敞开的窗口：

现在我坐在窗前
很多事物显现在我面前

---

① 陈超. 先锋诗歌20年：想象力维度的转换［M］. 个人化历史想象力的生成. 北京：北京大学出版社，2014：23.
② 陈超. 先锋诗歌20年：想象力维度的转换［M］. 个人化历史想象力的生成. 北京：北京大学出版社，2014：17.
③ ［美］勒内·韦勒克，奥斯汀·沃伦. 文学理论［M］. 刘象愚，刑培明，陈圣生，等，译. 南京：江苏教育出版社，2005：16.
④ 陈超. 先锋诗歌20年：想象力维度的转换［M］. 个人化历史想象力的生成. 北京：北京大学出版社，2014：10.
⑤ 陈超. 先锋诗歌20年：想象力维度的转换［M］. 个人化历史想象力的生成. 北京：北京大学出版社，2014：19.

> 这往往是我忽略的生活
> 它们温静地出现
> 又不至于马上消失
> 在我的窗前
> 我注视它们很久
> ……
> 这可不是虚假的事物
> 诱惑我，穿透我
> 直到我收拢翅膀
> 落在它们身上
>
> （《窗前》）

而要将观察所得凝结成寓言，在这一过程中，想象力作为其中的核心，既要能展翅飞翔，又要适时"收拢翅膀"，落在历史的支点上。它并非一种简单的修辞堆砌，而是一种从无到有的建构性能力的体现，在诗人搭建的独创性建筑中，"以独立的精神姿态和个人的话语方式，去处理我们的生存、历史和个体生命中的问题"[①]。如此，当代的诗歌写作才有可能"与时代生活相较量"[②]。否则，以赤膊上阵进行肉搏，面对复杂多变的时代生活，诗人最终必将败下阵来。

在更多的诗人那里，象征处于更加重要的地位，立象以尽意几乎成了当代诗人写作的最常用手法。而寓言性写作则只有少数诗人为之。弗雷德里克·詹姆逊曾经将象征和寓言这样进行对比："寓言模式是向异体性或差异性的一种开放；象征模式是让一切事物回到同一事物统一性的一种折叠，毫无疑问，寓言自身渴望象征的终极统一。"[③] 在此，詹姆逊已经点出了二者之间的本质区别：象征是情感经验与诗歌意象在顿悟那一瞬间的

---

① 陈超. 先锋诗歌 20 年：想象力维度的转换［M］. 个人化历史想象力的生成. 北京：北京大学出版社，2014：10.
② 西川. 让蒙面人说话［M］. 上海：东方出版中心，1997：279.
③ ［美］弗雷德里克·詹姆逊. 马克思主义与形式［M］. 李自修，译. 南昌：百花洲文艺出版社，1997：124.

凝结，它们浑然一体，如同一个琥珀，圆润而饱满；而寓言则是用叙事性话语编织的一匹宋锦，它所要表达的不在于宋锦上的花纹本身，而在于它所反映的文化心理内涵，在于它所影射、暗含的隐性话语，要理解它必须跳出三山之外。象征是即时的，爆发性的，所以它更适合抒情；而寓言则包含着一个时间性的展开，它更适合叙事。由于寓言性话语的时间段中包含了无数个时间点，所以有时寓言会将象征包孕在自身之中来加强诗意的表达。从这个意义上说，寓言性写作的包孕力更强，也更复杂，在时代生存已经呈现出碎片化的当下，它能更准确有力地处理我们的日常生活经验。比如：

   屠宰场的马跑掉了
   在城市高架桥上
   它们成群结队
   复活了似的狂奔

   广场空空荡荡
   人们回归温暖的家
   吃吃喝喝
   躲进床上的羽绒被里
   或者殴打老婆孩子
   把猫和狗踢出门外

   天空摇晃起来
   雨雾像飘起的窗纱
   再过一段时间
   就是过年了
   马群在卧室里
   没有图像的电视上
   悠闲地喝水、吃草

又从窥视它们的目光里

受惊、消失

(《窗纱》)

整首诗歌把对当下生活的体悟与观察转化成寓言,通过叙事场景的变换来展示现代人生活的无聊与空虚,而其中的"马(群)"这一意象无疑又具有很浓郁的象征意味,它借助马的"狂奔",暗示着人们对庸常生活的逃脱与反抗。所以,这首诗表面是反讽的,内里却是忧伤的。理解了这一点,就会明白"屠宰场的马跑掉了/在城市高架桥上/它们成群结队/复活了似的狂奔",这一场景实在精妙,它显现的自由、不驯,与"人们回归温暖的家/吃吃喝喝/躲进床上的羽绒被里/或者殴打老婆孩子/把猫和狗踢出门外"所宣示的无味的日常生活形成了强烈有力的对比,可谓以一当十。但在这一对比的实现过程中,象征的凝结只是一个起跳点,而最终是在叙事化的寓言性回旋结构中得以完成的。

三、双重长跑

一般来说,与短诗相比,长诗里的叙事成分更多。因为要构建起一个较长的篇幅,必须有叙事的介入,纯粹的抒情无法支撑起庞大的结构。在当下诗坛,小海是仍在坚持长诗创作的少数诗人之一,近几年陆续推出了《大秦帝国》《影子之歌》等作品。2009年他还写过一部编年体长诗《1949—2009》,但没有公开发表或出版。20世纪八九十年代的诗坛曾有一波长诗写作的高潮,诸多诗人创作了轰动一时的作品。但进入21世纪以来,长诗成为恐龙般的事物,几乎宣告灭绝。由于长诗创作在结构、耐力等方面的特殊要求,相对于短诗创作来说,本来涉足者就较少。具体到新时期几十年间的变化来说,我们当然无法忽视历史语境的深刻变化,在一个历史整体性已经坍塌、中心不复存在、万物破碎的时代,作为构型性的长诗创作似乎变得不合时宜。比如,以"在中国,必有一次伟大的诗歌行动和一首伟大的诗篇"① 为志向的当代诗人海子，就曾被同时代的诗人批评，认为他写长诗是"犯了一个时代性错误"，有人甚至"给海子罗列了两项'罪名'：'搞新浪漫主义'和'写长诗'"②。可见，历史的遽然转向对诗人写作观念的影响。所以，在一次访谈中，小海不厌其烦地详细回顾了数千年"中国长诗史"，从古代到当代，并对他熟悉或感兴趣的长诗作品逐一进行点评。在我看来，这个细节是颇具意味的，它不仅仅是对访谈提问的回复，也可以看作是诗人在寻找自己写作长诗的谱系，甚至是在寻找一种写作的正当性、合理性。博尔赫斯曾说："我觉得史诗是人们的生活必需品之一。"他乐观地预测："我认为史诗将会再度大行其道。我相信诗人将再度成为创造者。"③ 博尔赫斯所说的"史诗"当然与小海所创作的长诗是有区别的，但在我们当下的语境中，即使是本土化了的长诗创作也仍然是"逆潮流而动"的少数派事件。小海曾谈到对长诗创作的理解："长诗是考验一个诗人的综合实力的，它更复杂、更有难度，和以前的短诗写作……需要对诗歌的架构、气势、节奏、起承转合有深入的思考，并妥善调控和把握到位。"④ 作为诗坛老将，创作短诗几十年，小海想通过长诗的创作来考验自己，拓展自身的创作疆域。这是作为诗歌技艺的打磨方面的考虑。而具体到长诗创作背后的观念，对世界的理解和看法，我们会发现，小海并不十分认同"在破碎的时代写作长诗是不合时宜的"这一观点。因为即使面对天柱摧折，有人眼里只看见散落的碎片，而有人则学习怎样像女娲一样补天。在诗剧《大秦帝国》中，历史、叙事和诗歌再次结合，而浓浓的历史感溢出在长长的诗行间，王朝的威严、时代的奔突与个人的悲喜重合在一起，铁律、刑赏、血火交织出秦朝的面容，诗歌对宏大题材的关注，和它所呈现出来的波澜壮阔、高亢激越之风无可争辩地将历史巨大的雕像推到了我们面前，所以李德武称之为"一部真正

---

① 海子. 诗学：一份提纲 [M]. 崔卫平. 不死的海子. 北京：中国文联出版社，1999：291.
② 西川. 死亡后记 [M]. 崔卫平. 不死的海子. 北京：中国文联出版社，1999：32.
③ [阿根廷] 豪尔赫·路易斯·博尔赫斯. 说故事 [M]. 陈重仁，译. 诗艺. 上海译文出版社，2015：73.
④ 小海. 影子之歌·序言 [M]. 重庆：重庆大学出版社，2013.

的英雄史诗"①。小海曾这样谈到这部长诗："我在写完后正好又到西安出差了一次，再次仔细参观了一下兵马俑，感受是那么的震撼。就仿佛看到了那些大秦帝国的忠勇士兵们在疾风和烈日下，年轻而壮烈，恍惚中，他们就是在旗帜下轰然行走于首都国庆阅兵式上的当代士兵们。记得马克斯·韦伯曾经对德意志民族所说的一句话：说得略为夸张一点，如果千年之后我们再度走出坟墓，我们在那些未来族类的面相中首先希望看到的就是我们自己族类的依稀印记。"② 显然，小海并没有被反历史、反崇高的时代思潮所完全裹挟，他仍然按照自己的判断来创作，按照内心的需要来向前推进。一个成熟的诗人，有着自己的定力，他与时代之间往往会保持着一种自觉的偏离，这偏离的空间正是他大展拳脚之地。

通过几部长诗的创作，小海的体会越来越深刻而具体，他说："写短诗就像短跑，长诗就像跑马拉松。短跑要求爆发力，对起跑、加速、冲刺各个阶段都有不同的要求，短诗再短，哪怕仅仅是一句诗，都要考虑这一句、这一行当中的能量发挥和句子的张力。长诗则要经营，就像马拉松，呼吸和心律都必须调整，要求悠长的吐纳和心律"。③ 小海是喜欢长跑的，他被圈里人称为"长跑诗人"。仔细体味小海这段心得体会，就会发现长诗创作和长跑运动于他而言有一种精神和身体的同构关系，在持续向前的同步跑动中，二者相互激发、相互转化。通过长跑运动，他的眼睛不再只关心起点和终点，开始享受在路上的过程性乐趣，并"为自己制定一种秩序"，将它贯注到长诗创作中，经由这种"秩序"完成了对创作的布阵。而通过长诗的创作，他在心灵和精神上的韧性与强度得到了加强，内在的意志力得到了重新塑造，他奔跑在路上的双腿更加轻盈。

到了《影子之歌》，小海的长诗创作又出现一大变化。从形式上来看，这部作品并不是严格意义上的长诗，因为各部分之间没有严格的逻辑关系，它不是通过赋予各部分之间一定的相互关系结构而成，而类似于一种由里向外的自然生长。一般来说，长诗和短诗的不同点之一，就是长诗有

---

① 李德武. 一部真正的英雄史诗——读小海的诗剧《大秦帝国》[J]. 作家，2010（7）.

② 小海. 张后：《继续弯腰拔草——张后访谈诗人小海》，"诗生活"网站诗人专栏之小海"心灵的尺度".

③ 小海. 影子之歌［M］. 重庆：重庆大学出版社，2013：X—XI.

一个核心的故事情节贯穿其中作为主体骨架，串联起作品的各个部分。而很明显，《影子之歌》没有设置一个统一的故事情节。它如同一团雾的生长，没有起点，没有终点，没有榫卯的拼接。小海自己也说："《影子之歌》写的是抽象的、虚幻的东西，需要变无形为有形，需要从无中生有，这样的写作对我来说也更有挑战性，有助于拓展我个人的诗歌疆域和精神版图。"① 它是东方哲学的，而非西方逻辑的。是太极图，而非金字塔。它的部分也是总体，总体也浓缩在部分之中，正如他自己所说："它们是彼此映照的，是有全息意义的。"② 如果要从中找出它的一条主线的话，那可能就是诗人对自我的探索和触摸。实际上，在这部长诗中，"影子"几乎可以说就是"自我"的另一个名称。它以"自我"为核心，以"影子"为外形，随物赋形，化一为千万，变幻出无数个复制体。这无数个复制体，有记忆回闪、有生命悸动、有顿悟玄思，那是生命中定格住的一个个时光的瞬间。而"时光在马厩中养马"，生命不息，时光涌动，他时刻准备着向前奔跑，在他头顶之上，是"群星灿烂"的天空。

---

① 小海. 影子之歌[M]. 重庆：重庆大学出版社，2013：Ⅱ.
② 小海. 影子之歌[M]. 重庆：重庆大学出版社，2013：Ⅻ.

个人史：重建生活的诗意

——胡弦诗歌的一个侧面

里尔克曾这样写道："在日常生活和伟大作品中间/存有一种古老的敌意。"① 就当代汉诗创作来说，这种"古老的敌意"掉转了方向，不是生活在敌视诗歌，而是诗人集体抛弃了生活。尤其是自 20 世纪 80 年代以来，由于海子的巨大影响力，他所开创的神性写作，吸引了大批诗人从生活出走，直奔彼岸理想的天国。而在自 20 世纪 90 年代以来的诗歌创作中，语境的变换虽然让诗人回到了地面，但似乎又转向了另一个极端，一些诗人紧紧抱住及物写作的教条，主体精神被抛弃，陷在生活的琐屑中，诗人和时代的面目变得不清。有鉴于此，陈超先生曾提出要强化"个人化历史想象力"的生成，诗人应该通过个体化的生存和书写，写出当代的实存和内心生活。正是在这个意义上，胡弦的诗歌具有独特的意义和巨大的启示。他的诗歌总是从个人生活出发，深入具体的生活细节和"历史褶皱"之中，同时又超越具体的生活。他从个人生活中发掘出的日常之美，为我们重建了生活的诗意，从诗歌层面为当代人找到生活的依据。

一

对于现代人来说，只能独自抵抗的生活无疑是一个庞然大物。当我们从它身边经过，强大的磁场使得敏感的琴弦总是会不由自主地颤动，默默

---

① ［奥］里尔克. 里尔克诗选［M］. 臧棣，编. 北京：中国文学出版社，1996：175.

地发出声响。这年复一年、日复一日的生活,如同江水永远在流逝但不留一点儿痕迹,如同细沙总被人踩过却遮盖住了脚印。日子一天天无声无息地过去,很少有人注意波纹下面的逆流、漩涡和起伏。梅特林克说:"日常生活中有一种悲剧因素,它比伟大的冒险事业中的悲剧因素真实得多,深刻得多,也更能引起我们内在真实自我的共鸣。"①

如何写出悲剧性的日常生活,等待着诗人们回答。或许有个人性格和气质方面的原因,胡弦是一个低调而缜密的生活观察家,他说:"怎样倾听沉默,再次成为一个不容回避的问题。"相对于那些宏大、响亮的元素,他总是关注那些无言的元素,关注"沉默"背后的声音。读他的诗,可以深刻地感觉到他的内倾性,仿佛他是从里向外生活,静观人世的日影缓慢地移动,体察一位老人皮肤褶皱中蕴含的岁月纹理。一般来说,他的诗歌总在低音区,一个立志倾听沉默的人,深入我们生活的内里,翻检、释读、测温。这个人有着异常的耐心,他惊异于时间的力量,发现了太多生活中被时间的磨盘慢慢磨碎的东西。于是,他说:"一首诗,应该有一个不能被描述的内部。"这个"不能被描述的内部"是水面之下的部分,幽深、黑暗:

> 旧衣服的寂寞,
> 来自不再被身体认同的尺度。
> 一条条纤维如同虚构的回声,
> 停滞在遗忘深处。
> ……
> 长久以来,折磨一件衣服
> 我们给它灰尘、汗、精液、血渍、补丁;
> 折磨一个人,我们给他道德、刀子、悔过自新。
> 而贯穿我们一生的,是剪刀的歌声。
> 它的歌开始得早,结束得迟。

---

① [比利时]梅特林克. 卑微者的财富[M]. 伍蠡甫. 现代西方文论选. 上海:上海译文出版社,1983:41.

> 当脱下的衣服挂到架子上，里面
> 一个瘪下去的空间，迅速
> 虚脱于自己的空无中。
>
> （《更衣记》）

"更衣"如同一个人一层层蜕去自己的外壳，它串联起了人之短暂的一生，构成了他的"个人史"，记录下一个人的汗水与血渍，罪行与悔过，折磨与遗忘，这是无比平凡但丰富而灼热的一生，它的终点是归于寂寞和"空无"。在惯常"不能被描述"的地方，诗歌进入内部将它呈现出来，实现了与生活的对称。

胡弦是写咏物诗的圣手，他的《水龙头》《绳结》《夹在书里的一片树叶》《琥珀里的昆虫》等都很有名，为大家所熟悉。物陷在灰尘之中，是沉默的无言者，在这沉默的背后堆积了太多的元素没有说出，于是诗人代替它们开口。读这些诗作，我们仿佛看到光阴一道一道轻轻划过，但随着角度的偏移它慢慢加深，直到最终留下的刻痕已无法更改。光阴无情而静默，这种静类似广袤而幽暗的星空，那些陌生的星球、陨石亿万年里孤单地来去，被光改变了形状。这些天体的内心有着"铜质的孤寂"（《青铜钺》），但只有"微小的声音在铁里挣扎"（《古钟》），没有出现倾听的耳朵。当声音在它们的体内孤独地回响，该会震落多少郁积的秘密和灰尘！

> ——依靠感觉生存。
> 它感觉流水，
> 感觉其急缓及从属的年代，
> 感觉那些被命名为命运的船
> 怎样从头顶一一驶过。
>
> 依靠感觉它滞留在
> 一条河不为人知的深处，

某种飞逝的力量
　　致力于创造又痴迷取消，并试图以此
　　取代它对岁月的全部感受。

　　——几乎已是一生。它把
　　因反复折磨而失去的边际
　　抛给河水，任其漂流并在远方成为
　　一条河另外的脚步声。
　　　　　　　　（《卵石》）

　　一个人就像一块卵石，沉落在"一条河不为人知的深处"，即使如此，它也感觉到"某种飞逝的力量"，"感觉那些被命名为命运的船"从头顶驶过。沉落在光阴之水里，命运从天而降，我们的一生有时急迫有时徐缓，但河水总是会带走我们的一部分，可能是梦境，也可能是伤口。那被带走的部分，会在远处固执地召唤我们，让我们陷入一场对往事的回忆中，迟迟不能走出，像"吃草的羊很少抬头，/像回忆的人，要耐心地/把回忆里的东西/吃干净。"（《玛曲》）

二

　　这沉默而持久的力量，最终改变了每一个生存的个体。大楼高矗，路面坚硬，玻璃幕墙与它们相互投射反光。然而，在这闪光之下，当我们面对生活时，总有一种坍陷与废墟之感。透明的玻璃，仿佛是对我们站立的地方的否定。正是从这一刻开始，诗人听见了某种东西碎裂、崩塌的声音。他说："诗人在行走时突然发现，脚下的地板被人抽掉了。你意识到局限，也意识到某种凌空虚蹈的可能。"正是这"凌空虚蹈"使得生活具有了废墟的性质。而对于诗人来说，这种废墟还是来源于对自我的认识，它从自我与自我的分裂开始。在浩瀚的宇宙里，天体静穆而迅疾，"群星通过万有引力被控制在/各自的轨道"（《天文学》），然而高速运行的生活,有时会突然从顺滑变成卡顿。"通常,绳子活在一根平滑的线上。/但它内心起了变化,一个结/突然变成身体陌生的部分。"(《绳结》)这是从内部开始的分裂与背离,在某个无法逾越的瞬间,异质的堆积使自我的星系在某一临界点上开始坍塌、裂变。这种裂纹是如此隐秘、缓慢,波澜不惊,以致我们常常忽略了它的存在。"——在我们内部,黑暗/是否也锻造过另一个自我,并藏得/那么深,连我们自己都不曾察觉?"(《黄昏》)裂变的结果是深渊的形成,"让一颗没有准备的心,/突然有了此岸与彼岸"(《裂隙》)。"此岸与彼岸"并非得救之所,它们的作用不是庇护人类,而是为了形成推涌激荡之水的合围,而人的宿命正在水里:

> 漂浮在水上,
> 他同自己的影子分开。
>
> ——他划水,影子
> 在池底挣扎……
> 他体会到与附着物剥离后的
> 轻松,甚至是
> 带点儿虐待感的喜悦。
> 　　　　　(《泳者》)

分裂的自我,在同一片水域挣扎,但就是不能与我们自身拥抱,不能与我们自身合一。如同柳絮离开柳树,就再也回不到柳树的身体里。在这样的想法中,他竟然"体会到与附着物剥离后的/轻松,甚至是/带点儿虐待感的喜悦。"可以看到,冷酷的现实在步步进逼,而自我在步步退让。"到最后,万物都在同自己的/身体作对。"(《老城区》)最终,万物倒向了另一面,自己反对自己,反映的是内在的高度分裂,一面赞成同时又在反对,一面在寻找超拔同时也在沉沦。这种经常从内部发出的反对的声音,便有了一副虚假的表情,仿佛那都不像是真的。"这早晨之外,一定/还有早晨。"(《晨》)这种恍惚、虚无之感,形成一个巨大的黑洞,旋转

在我们脚下,吞噬一切确定感。

> ……你全部的痛苦构成一条
> 砧板上的鱼:嘴
> 张了又张,呼喊在那里形成一个
> 喑哑黑洞,许多词急速旋转着
> 在其中消失。
>
> (《砧板上的鱼》)

在命运面前,人是一条"砧板上的鱼",刀俎下的鱼肉。而面对这种无助和痛苦,连呼喊都消失了,书写与言说都变得无效,被抽空的身体如"一个箱体/带着她在空际旅行"(《七夕》),被精神放逐的空空箱体却在茫茫的宇宙中孤独地飘浮、旅行,不知所终,也许我们都是在替一个影子生活,在一群暗物质的内部无声地行走。这时,不得不承认,所谓生活,就"是把一个不相干的人领来尘世,并倾听/它内心的雪崩"(《雪》)。生活就是失败,通过否定来肯定,"它依赖/所有失败的经验活下来"(《夹在书里的一片树叶》),正是那败退支撑了一切。由此我们就不难理解,为什么在胡弦的诗歌中弥漫着如此浓重的沉默气质,它固执地守着低音区,常常类似一种独语,一种喃喃。他那些为人所称道的"咏物"诗,从一定意义上是他不断认识自己、与自己对话的镜面,他从它们身上发现了为生活所改变的多个侧面的自己。认清了生活的这种缓慢的蜕变、隐秘的侵蚀之后,诗歌写作就如同在培养一种耐心,一种默默的坚持,诗人写下的一首首诗歌,仿佛是这场没有回程路的远足中一个个脚步留下的印痕,有时歪斜,有时笔直,有时草率,而有时陷得很深。

三

在一些当代诗人和作家的论述中,生活已经从遮挡的避风港变成了囚禁的监狱,生活在别处,艺术也在别处。马雅可夫斯基丝毫不掩饰他对日常生活的敌视："这是一种使我们变成了小市民，而现在又成了我们最凶恶的敌人的日常生活。"①

当代诗人北岛曾有一首诗《生活》，它只有一个字："网"。诗歌与生活的对立似乎事属本然。然而，我们所拥有的仅仅只是此生，在浩荡之水中，我们只有一个站立的岛屿。我们与它同在，与它面对同一场洪水的泛滥。这片堤岸是溃败还是永存，取决于我们对待它的方式。正是在这个意义上，胡弦的诗歌具有重要的启示意义。站在这节节败退的生活之上，他说出："不但要经过废墟，还要经过废墟的意义……在废墟上重建，类似反复确认。"这是一场艰苦的攻防战，以苦苦的坚持为根，而"反复确认"类似一种自我暗示和自我鼓励：

悬垂，静止，仿佛
对所有流逝都不再关心。

以手指轻扣，能听见
微小的声音在铁里挣扎。
长久的沉默，使它变得迟缓，

只在遭到重击时
才遽然醒来，
撞钟的，是个咬紧牙关的人。
铁在沸腾，痛苦绚烂，
撞槌在声浪中寻找万物的胸口。

（《古钟》）

钢铁之身的"古钟"也和我们的肉身一样，无法躲避来自四面八方的撞击。我们的一生是场修行，化肉身为佛身，"需刀砍斧斫"（《龙门石

---

① [苏] 马雅可夫斯基. 在"今日未来主义"讨论会上的发言[M]. 伍蠡甫. 现代西方文论选. 上海：上海译文出版社，1983：75.

窟》)。生活的本质,是"咬紧牙关"的坚持,是即使受到重击,那叫喊的声音也只在黑暗的内部回荡。诗人静观这一切,他看见"铁在沸腾,痛苦绚烂",一种美的超越和升华,使他在一阵猛烈的声音震荡中,直面命运的本质。写下这一切,他仿佛如上古的巫师一般,通过文字实现了对现实的对答,获得了灵魂的平复与慰藉。正是在这时,凌空虚蹈的我们,可以通过一截"空楼梯","……一块块/把自己从深渊中搭上来。"(《空楼梯》)

从"废墟"走向"废墟的意义"需要的不仅仅是呈现,更需要发现,需要拨开纷乱的生活迷雾,以词语重新对生活进行命名,揭示我们的生存。这是诗歌的真义。凡·高说:"当我画一个人,就要画出他滔滔的一生。"同样,诗人不应被生活的琐碎、细节绑架,他应该超越这一切,"用具体超越具体",从深深的内里发现那必然的诗意。加缪在《西西弗神话》中写道:"重要的并不是治愈,而是与疾病一起生活。"[1] 生命和生存的局限,无从打破,但诗性的力量,却能将我们从其中超拔出来,重新发现生活的意义。

> 如果群星被万有引力控制在
> 各自的轨道。万幸,
> 还有些小星星是自由的。
> ——它们在隐秘中穿过黑暗,并在
> 靠近我们时成为闪亮的流星。
>
> 必有神力庇护了这微小的自由;
> 必有某种爱,任性,不怕毁灭。
> 必有人在更遥远的地方,为火和黑子
> 各写下一首赞美诗。
>
> 必有人爱得像超导体……

---

[1] [法]阿尔贝·加缪. 西西弗神话[M]. 杜小真,译. 北京:商务印书馆,2017:34.

必有伤害,像彗尾,像量子纠缠,
必有人精通第六感,在膨胀中发现了
心中自有主张的宇宙。
必有激情的磁场娴熟于吞噬,并在
对迷信和愚昧的继承中
接受了黑洞。我们
费过的神,闹过的鬼,
都在其中消失。因此,

当一个遥远的星系消失,必有心脏
无声落入水面。而望远镜前,
有人紧紧相拥,并感受到了对方体内
那起伏的悲戚。因此,

爱是新生,也是一种特殊的死法,
幸存者会变成新的元素,或暗物质,
看不见,但能被感觉到,并需要
在无人相爱的空虚中费力地
继续证明其存在。

(《天文学》)

  这里的"必有"正是对生活本质的个人化发掘。我们每个人都不可避免地经历黑暗的生活,如同茫茫宇宙里的一颗小行星一般,被无边的黑暗包围着,孤独,微弱,而尘埃厚重,无边无际,轻飘飘的空无和沉重的黑暗叠加着,它们可以窒息一切,消弭一切,但正是在这寂静无声中,一束光穿透亿万年的尘埃:地球上第一个单细胞生物诞生了。在这束光的照耀下,诗人如神启一般脱口而出:"必有神力庇护了这微小的自由;/必有某种爱,任性,不怕毁灭。/必有人在更遥远的地方,为火和黑子,/各写下一首赞美诗。必有人爱得像超导体……/必有伤害,像彗尾,像量子纠缠，/必有人精通第六感，在膨胀中发现了/心中自有主张的宇宙。/必有激情的磁场娴熟于吞噬……"这仿佛是一份庄严而饱含深情的宣言，不容置疑，不顾死生，说透宇宙和人间的秘密，七个"必有"充满了确信和决绝，如一艘又一艘小型飞船，相继接力载着黑暗中的人们渡过生命禁区，来到人间的大陆。"爱是新生，也是一种特殊的死法"，而如加缪所说："创造，就是生活两次。"①通过在诗歌中的再次书写和回忆，诗人完成了对生活的确认。当然，生活并不总是认可热血和信念，当我们从广袤的宇宙中后退，就化成一只沙粒一般的蚂蚁："当它拖动一块比它的身体/大出许多倍的食物时，你会觉察到/贪婪里，某种辛酸而顽固的东西。"（《蚂蚁》）这"辛酸"与"顽固"正是我们的世纪病，它无法治愈，长期以来甚至已经成为身体所需营养的一部分，支撑着我们的生活：

> 我爱这一再崩溃的山河，爱危崖
> 如爱乱世。
> 岩层倾斜，我爱这
> 犹被盛怒掌控的队列。
>
> ……回声中，大地
> 猛然拱起。我爱那断裂在空中的力，
> 以及它捕获的
> 关于伤痕和星辰的记忆。
>
> 我爱绝顶，也爱那从绝顶
> 滚落的巨石一如它
> 爱着深渊：一颗失败的心，余生至死，
> 爱着沉沉灾难。
>
> （《平武读山记》）

---

① ［法］阿尔贝·加缪. 西西弗神话［M］. 杜小真，译. 北京：商务印书馆，2017：90.

这是一首优秀之作,这是诗人在一个不可多得的时刻,情不自禁,袒露心扉,向生活深情表白。诗歌中长短相间的诗行如前后相继隆起的山崖,相互错落、拱卫、支撑,诗歌的构形完美地象形了诗意中日渐崩塌断裂的山河,而诗意的推进匀速、缓慢,仿佛为了避免山崖在快速上升中倒塌、陷落。在这缓慢的隆起中,诗人语调低沉而深挚,节奏舒缓而有力,充满了强烈的托举感。当这一切会合到一起,仿佛是轰然的合奏。"我爱绝顶,也爱那从绝顶/滚落的巨石—如它/爱着深渊:一颗失败的心,余生至死,/爱着沉沉灾难。"这种悲怆和壮美,有如古希腊悲剧一般,它既是朝霞,也是灰烬;既有重生的喜悦,也有如同身处末世般的悲悯。

　　哥特弗里特·贝恩曾说过:"一首诗就是一个探讨自我的问题。"① 然而,胡弦通过诗歌的写作,通过打开自我,走进了生活,在对生活的拥抱和体察中,写出了一个人的生活史和心灵史。他说:"对命运的指认准确时,语言才获得氧气。"他的诗歌就是他的命运之书,是他被生活这场大火燃烧后留下的火焰与灰烬,当我们触摸它,在尚未冷却的灰烬之下,它无疑是滚烫的。

---

① [德]哥特弗里特·贝恩. 抒情诗问题[M]. 伍蠡甫,胡经之. 西方文艺理论名著选编(下卷). 北京:北京大学出版社,1987:351—352.

"在天空的视网膜上"

——论杨隐诗歌

杨隐是我多年的同窗。在诗歌写作上，他又是我多年相伴而行的同道诗友。人生本无趣，但因为有了朋友，有了同行者，这难挨的时日便多了一份快意，多了一份醇味。当我提笔写这篇文章的时候，十年前我们在苏大"后庄"谈诗论文、谈古论今的一个个瞬间又浮上了心头，它们构成了我三年研究生读书生涯最值得回忆的片段。那时我们还在读研一，正在大量恶补文艺理论著作和文学经典作品，一次次从图书馆搬回一摞摞著作。我们读累了、读烦了，就跑到隔壁对方寝室，交流各自喜欢的诗歌、最近读到的佳作，有时也拿出自己新写的诗作请对方品读、挑刺。我们往往是对方诗作的第一读者，因此，他的绝大多数诗歌我都耳熟能详。杨隐在诗歌写作上是虔诚的，也是勤奋的，他像琢玉者一样，既善借他山之石，又苦练内心之力，孜孜以求，用那些仔细打磨后纯美的语言，向我们呈现出汉语之美、诗歌之美。

一、细节的暴动

杨隐是一个多愁善感、略带忧郁的诗人，这种忧郁为他的诗歌带来了一种基调，一种罩着旧时光的美。这个忧郁的人，睁大了眼睛，静观这世界的变幻和人世的悲欢。他的眼睛总是看向低处，看向细枝末节，在一朵花的生长过程中，他只关注"它在一微米一微米地喝水"的样子，"在一整条河里，唯独对这一滴水一见钟情"（《一滴水在流》）。在这个大规模、

左手的修辞

大数据、大狂欢的时代,杨隐却情愿把眼光放低,专注于那些小小的灰尘,独自品味记忆中那些笑脸和汗水、那些思念与眼泪。南朝齐王僧虔在《笔意赞》中曾说过:"纤微向背,毫发死生。"虽然他说的是书法,但是我认为它适用于所有的艺术。正是那些幽微末节,显现出一个艺术家的与众不同之处,显现出他独到的眼光和品质,甚至能让人将他从众人中识别出来。诗人都是回忆的俘虏,容易被过去的声音和瞬间所带走。诗人消失了,一个个画面从深海浮出了水面,披泻着月光散发出的美丽和召唤。然而,月亮带来了潮起潮落,带来了一次次的冲刷内心崖岸的波浪。在那些不可避免的决堤的时刻,他捉笔成文,如同一个鬼魂附身的首领一般,发动那些沉睡的细节举起草籽与麦芒,联手发起了暴动,一举将诗意收入囊中。在这些诗歌中,他用语言的冰块冻结了时间,并用触觉的镊子将时间无限拉长,然后在感叹与祝祷中将它编织成一个密致、结实的结晶体。

> 首先你得把这个词
> 从泥土里拔出来
> 慢慢的
> 不要太用力
> 再用贴身的小刀轻轻剔净根部
> 注意:要绝对干净
> 残留一粒泥土也足以击瞎你的眼睛
> 然后你坐下来
> 用一盆清水覆盖它
> 看它舒展开身体,慢慢沉下去
> 这时候,你不要说话
> 像另一个溺水者
> 沉默,足以化解你们与生俱来的敌意
> 　　　　　　　　(《故乡》)

这是一个怀乡病者的自我解剖实验,他将这些用童年、回忆、亲情配

上 编

制而成的"故乡"放在显微镜下,让我们看清它的根须和叶脉。故乡深埋,那些回忆的泥土层层覆盖,从三十年的泥土和三千里的马蹄声中慢慢"拔出",怀乡病者惊声尖叫,"溺水"的恐惧阵阵袭来,在因身处异国他乡而手足无措之中,他独自抚摸着这温润的"实验品",陷入了沉默。"故乡"不是一个地方,也不是一个心理空间,而是一个时间的储存器,一念孤悬地垂挂在记忆的底部,当我们快步向前时,在不经意间,就会晃动它,甚至在一阵不期而来的创痛中将它连根拔出。幸好,这时止痛药已经来到:

> 从你捉住梳子顺发的那一瞬
> 往后退三个月
> 那时它还在木匠手里
> 往后退三年
> 那时桃花盛开,红颜遍地
> 往后退三十年
> 还没有你我
> 它只是一粒种子,在泥土的胎中分娩
> （《桃木梳子》）

诗人多半是神秘主义者,他们相信臆造的必然,相信身不由己,相信一只隐形之手最初的安排。当初的相遇或许是偶然,但诗人从心灵出发推导出必然的路径。在《桃木梳子》这首诗中,诗人代替上帝出现,说出了爱的秘密,说出了爱的必然来到。站在今日的晨光中,诗人在一步步地回首,"三个月"前、"三年"前和"三十年"前,一个个瞬间忽闪而过,那仿佛是丘比特写给他的一封封确认函,并由此回溯,成功地从上帝手中获得了首肯。诗歌本身很简单,随着时间的倒退,那是根据剧情需要进行的重新编排,一帧帧画面缓缓推出,在最后所到达的地方却仿佛与出发点天然相连。从诗歌技巧上来说,它是充足而有效的,让我们在陪同诗人颔首回望中同样获得了爱的充注与照耀。2009年我曾写过一首《童年瓮》,

与此有相似之处：

> 从三十岁开始往回
> 倒退。退一次
> 探瓮取滴原初之蜜，
> 死皮掉一层，茶味
> 浓一层。
> 退到年方二八，总角相伴
> 天朗气清，春溪奔流。
> 或者相反，退到五十岁，风平浪静。
> 到最后，速度越来越快。
> 被一次次掏空的
> 将瓮浓浓地充满。

自信的爱给予了《桃木梳子》一种正向的力量感和顺利到达读者内心的畅快感，而《童年瓮》因为一种内心的纠缠、经验相互之间的胶着，呈现一种混杂的景象。但是，由于时间的介入和沉淀，两首诗最后都力求达到一种内在的充盈和满足。杨隐曾在读到陈先发的《茅山格物九章》时说："诗歌就是要说出一些神秘，在情绪、思想的幽微之处发端。"这是杨隐诗歌的特点，他总是从细节出发，在细部慢慢积蓄力量，在细节的相互拱卫、联结和抬升中，忽然将一种崭新的诗意端现在人们面前。比如写那些在街头揽活民工的《在太平街》：

> 一张一张被生活擦旧的面孔
> 聚在太平街的边上
> 扁担、铁锹、大锤子
> 以及洗得发白的旧衣服，以及憨厚的微笑
> 一丝不苟的
> 在这个清冷的早晨

等待包工头的挑选

这一节的白描很平实，不动声色，在一个平常的早晨，小镇的街头就这样展开。这仿佛是一幅古典的风俗画，画家远远地隐在后面，只有一些微微的体温，隔着纸背传来，需要敏感的心灵温度计才能测度。但当波浪一层一层推涌，它速度越来越快，瞬间就到达了顶峰：

他们站着
有时倾斜，像一片片快要被风吹走的树叶
有时笔直，像一枚枚未及被敲进泥土的钉子

卡尔维诺曾在《新千年文学备忘录》一开首便详细论述了"轻逸"的价值，他所说的"轻"是"一种叫作深思之轻"①，它"灵巧地一跃而起，使自己升至世界的重量之上"②。我以为这几句诗很好地体现了这一点，它是建基于沉重和洞悉之上的轻，从"扁担、铁锹、大锤子"中抽身而出，从"等待"中突围而出，在一棵树的枝头，一种生命之轻哗哗作响。当我们读诗时，不仅仅是在读眼前的诗作，我们还会不自觉地调动所有的经验、回忆与想象来对比、确证或者区分。所以保罗·瓦莱里说："（诗歌）应该像鸟儿那样轻，而不是像羽毛。"③ 这不仅仅是质感和想象力，还有经验和回忆。在这首诗里，杨隐直接越过了羽毛，将风中的鸟儿呈现出来。

二、诗歌相对论

爱是直接的，而时间和空间总是相对的。推广开来说，你与我是相对

---

① ［意］伊塔洛·卡尔维诺. 新千年文学备忘录［M］. 黄灿然，译. 南京：译林出版社，2009：9.
② ［意］伊塔洛·卡尔维诺. 新千年文学备忘录［M］. 黄灿然，译. 南京：译林出版社，2009：11.
③ ［意］伊塔洛·卡尔维诺. 新千年文学备忘录［M］. 黄灿然，译. 南京：译林出版社，2009：16.

的，青山与大漠是相对的，沉默与哭泣是相对的，怀念与拒绝也是相对的。由于有了时间和空间的刻度，有了相互的记录和回放，我们每一个内在的小宇宙，在空间和质量的相互作用下，也有着自己大爆炸的时刻，有着从未止息的核聚变和燃烧的火焰。这是灵魂的广义相对论。

> 灰尘一样，这是我小小的爱
> 一个中午，我看着它们
> 在光线里跳舞
> 那么欢快，那么恣意，那么
> 不顾一切
> 像宇宙洪荒，那么多破碎的星球
> 在大爆炸后旋转
> 牵引它们的力量，无限大
> （《一个相对论的中午》）

阅读这首诗我们需要天文望远镜，从聚焦于一个点、一个原子核，忽然大踏步后退，退出宇宙，站在宇宙的起始点上，静观那些碰撞的焰火，自我的爆裂，恒星在坍缩后一举将行星吞没。帕特里克·莫迪亚诺曾在《地平线》中写道："他清楚地感到，在确切的事件和熟悉的面孔后面，存在着所有已变成暗物质的东西，短暂的相遇，没有赴约的约会，丢失的信件，记在以前一本通讯录里但你已忘记的人名和电话号码，以及你以前曾迎面相遇的男男女女，但你却不知道有过这回事。"[①] 那些灰尘、那些暗物质，就是我们破碎心事的前身，就是我们独自站在星空下，对着遥远的苍穹在默默无言中咽下的口水。那些暗自握紧双拳的忍耐，那些胎死腹中的莫名冲动，只有口水咽下时咕咚一响的喉咙知道，并记下了每一个时刻。小小的"灰尘"之爱，却受到巨大天体的"牵引"，高速运转和飞行，仿佛不由自主，仿佛遽然而逝。在优雅、腼腆的另一面，杨隐自有他

---

① ［法］帕特里克·莫迪亚诺. 地平线［M］. 徐和瑾，译. 上海：上海译文出版社，2012：2.

的力量和手段。然而,在目睹宇宙洪荒、尘埃飞舞之后,我们仍然会把眼光收回,重新注视起那小小的爱的星球。而这时,由于有了遥远的广大背景,有了那些朦胧存在的信息,我们注视的眼光变得不一样了。这是语言牵引的力量,这是诗歌的相对论。卞之琳的《断章》是诗歌相对论的经典之作,那是两两相对、智性静观中生发出的时空倒错,它是快乐的智性游戏。太白则是诗歌相对论的王者,《独坐敬亭山》与山川对谈,《月下独酌》更进一步,用想象塑造出一个通灵通神的相对者,"举杯邀明月,对影成三人",他几乎不需要对待之物,他强大的分身术,可以无中生有,隔空取物,对月祝酬,天地星月,流云花影,都被他随手取来,借酒之杯,浇己之怀。而杨隐也写出了另一种相对论:

> 夜色沉沉,运送鬼魂的棺木还在路上
> 白茫茫的湖水现在看不见了
> 但我知道,它还在,就在它原来在的地方
> 容颜不改
>
> 独自站了很久,安静得像近旁睡着的一株细柳
> 天光将至,那些隐藏在黑暗中的事物
> 马上就要现身了
> 　　　　　　　　　　　　(《在西湖》)

我一直有个偏见,即作为语言艺术的诗歌,在艺术效果的呈现方面远远高于其他艺术。因为汉字不仅有音、形、义,具备了音乐的流淌性、建筑的建构性特质和基本稳定的内涵,而且每个汉字、每个词语身上都背负着多重暗影,都有自己的历史,当它被安排在某一句诗中,这些历史的影子争相走出,仿佛是一场角色众多的戏剧,在相互激发、对质与妥协中,一种崭新的意义被呈现出来。《在西湖》这首诗通过水墨的淡笔细描营造了一种幽魅、神秘的心理氛围,但是诗人的战术是坚壁清野,是围而不打,他没有从正面讨战,而是将那些靠近中心的词语和意象一个个排队出

场叫阵，围着那中心不断打转、打转，在一个不经意的瞬间，那一再隐身者终于坐不住，"马上就要现身了"。而有时，那震惊我们的，正是那现身者：

> 在天空的视网膜上
> 月亮的瞳仁放大
> 又缩小
>
> 因为内心的光线
> 　　（《断章》）

天空因其大而显出月亮之小，天空因其沉静不变而显出月亮内心的忧戚与不安。这时我们看见的仿佛是天空巨大的视网膜，它总是在上面静静注视，但又时刻准备着用它巨大的云团把月亮的瞳仁紧紧包裹，我们的心灵也随着从"放大"到"缩小"的节奏在内心同频共振。这首诗在高度简洁概括中实现了静与动、安宁与不安、抽象与具象的完美凝合。

三、与古人对称

有时候，我们的写作不是为了自身，而是为了另一个人，那个人甚至是一个古人，我们的写作就是为了与他对称，为了让他们在今天被重新唤醒，再次介入我们的生活和思考，与我们饮酒、吃茶、谈诗、论文。于是，有了里尔克写给波德莱尔的诗歌，有了布罗茨基要"取悦一个影子"的尝试，有了海子向荷尔德林的致敬之诗。而杨隐则写下了给嵇康的《白玉兰》：

> 一片一片，白里泛黄，像被美人
> 手掐过，她们剪掉的小指甲仿佛锈掉
> 慵懒，随意，漫漫地推开云烟

> 相隔一夜，玉山崩毁得面目全非
> 不可断绝的仅仅是魂魄，一寸一寸
> 与风雨肝胆相照。这样的时辰，醉与不醉
> 又有何区别？大杯是年，小盏是月
> "叔夜兄，请再浮一大白"

读到最后一句，我忽然想起了陈先发的《前世》中那句"梁兄，请了/请了——"。杨隐很喜欢陈先发的诗，这首诗可能受到他的影响，但这并没有减少我第一次读到这首诗时的惊喜和激动。除了它，还有《失魂引》：

> 泡桐开裂，第一个看见它内部的人必成瞎子
> 大罗山以北，清水一线天，有墓碑一截
> 两座坟，有龙柏一株，大悲咒一部
> 饮叶露洗喉的斑文鸟在念
> ……
>
> "知其白，守其黑，而后因果可成"
> 在这无人之地，枯云是薄暮的灰烬
> 躺，是站的灰烬

这些散发着浓郁的历史墨香的诗歌以前他没有向我出示过，这代表着杨隐已经沿着传统文化的河流逆流而上，不断深入文化的源头。作为一个诗歌写作者，总有一天会走到这一步，在一定程度上甚至可以把能否深入传统文化作为诗歌成熟与否的标志。作为嫁接品种的新诗，它与母系水土的关系始终没有很好解决，时至今日，从写作到批评，我们所操持的语言和理论、思维，仍然是西方传过来的那一套，仍然是与我们的文化母体存在隔膜的。关于传统，布鲁姆认为它是一种"影响的焦虑"，这种"焦虑"是顺时传递的。而 T.S. 艾略特则认为不仅传统对个人产生影响，相

反个人也在参与传统的生成，也会对传统产生影响，使传统的面貌发生变化。在今天，T. S. 艾略特的这一观点尤其重要。由于20世纪后半叶传统文化的"彻底"断裂，我们平常所谓的传统其实往往就是呈现出来的传统，是我们所看到的传统，那些没有呈现出来、沉在水面之下的，也许将不再成为传统，或者说对于当代读者来说，它们并不存在。当然，在新诗写作史上，重返文化母体的探索从未停止，尤其是进入21世纪以来，一大批诗人遵从内心的召唤，以自己具体的写作去重新接续传统文化的血脉。比如于坚、杨键、陈先发等诗人，就在自己的诗歌中力图恢复汉诗传统的光彩。杨隐的一些带有古典韵味诗歌的写作，正是对这些前辈诗人努力的呼应。种种迹象表明，国人的文化自信和文化自觉正在苏醒，传统在我们文化和文学中的面目将会越来越清晰。从这个意义上说，每一个中国人都生活在传统的普照之下，我们所意识到的时间都是传统里的时间。因此，杨隐在诗歌写作上寻求与古人对称的努力，向古典文学源头靠拢，显示了他的诗歌写作的自觉。

> 那一年，身负箧囊，手持布伞
> 行走于江湖
> 有花折花，有酒饮酒，有朋友交朋友
> 亲近一夜明月，只为几句玩笑
> 如今，"众鸟高飞尽"
> 我们学会收拢袖筒，放走清风
> 不伤春，不感冒
> 如隔水之岸，两不相欠
>
> （《萍水相逢》）

1932年克罗齐在为《大英百科全书》撰写"美学"条目时写道："如果拿出任何一篇诗作来考虑，以求确定究竟是什么东西使人判定它之所以为诗，那么首先就会从中得出两个经常存在的、必不可少的因素，即一系列形象和使这些形象得以变得栩栩如生的情感。"《萍水相逢》这首诗从古典情怀入手，但是在整体风格上仍然保持了杨隐一贯的洒脱而又略带伤感的调子。全诗读罢，竟有梁祝同窗共学之感，杨柳清风，河水之渡，潇洒意兴，共趁诗酒年华。"众鸟高飞尽"的嵌入，妥帖而及时，以一当十，情感与形象二者无间地融合到一起。

  在并不算长的十年写作生涯里，杨隐的诗歌追求在一种纯粹、简练而又平和的语言背后，通过独具个人匠心的意象的打磨塑造，在"天空的视网膜上"呈现出最为丰富的诗意。他的写作进步之快出乎我的意料，他的诗歌面目也愈来愈清晰。当然，杨隐的诗歌写作也有隐忧在，那就是延续多，变化少，没有打开自己写作的多方面的可能性。从我们相识时起，一直到现在，他的诗歌在技艺上进步很大，更圆润、饱满而丰富，越来越呈现出繁复、综合性的一面，已经有了一定的辨识度。但是他的诗歌在风格上变化不大，总体诗风偏柔、偏软；从内容来说，则偏重于个人情怀和内心的书写，较少关注外部世界和历史纵深。不过，杨隐是聪慧的，他自己也已经意识到这方面的问题，已经在尝试进行改变和突破。前不久他发给我一首新作《给铁犁和诗人的声音镀银》，从标题就可以看出这首诗与他此前的诗歌在风格上变化较大，将一种饱满的历史感和人性力量糅合在一起，再辅以他擅长的细节和意象的吸引，有一种深沉的艺术感染力。

  我期待读到杨隐更多更好的诗作。

谦逊的自我

——读臧北《有赠》诗集

韩东曾说过:"好的文学往往产生于害羞的人,孤独的性格,忧郁敏感的情绪……在一定程度上这是一种鉴别。"① 确实,你会发现许多写作者往往不善言谈。我猜臧北就是这样一个人。我和臧北从未谋面,唯一的接触是通过一次电话。所以这种感觉更多是来自他的诗歌。我认识的很多作家都是这样,在人前嘴巴笨拙,在文本中却汪洋恣肆。原因可能在于这本是一个口吃的时代,诗人被破碎、断裂、无序的现代生活惊得目瞪口呆,欲言又止,内心的沉重使得到了嘴边的话又被吞了回去,并不断下坠、下坠,掉落成一个个坚硬漆黑的铅块。臧北曾经写道"我也宁愿做个哑巴",他甚至写过一首《哑巴之歌》。从言谈转移到纸上,也许是他的一种自主的选择,目的在于内心的积蓄与酝酿,在于更认真地谛听至深本质的回响,因为"……宿命者倾听上帝/盲目之人却窥见真理"(《拟古》之十六)。而根本的原因,或许还在于他的古典气质,在于他沉默背后的谦逊。面对世界万事万物,他总是慎于言,敏于思,把自己放低,这是一种低到尘土之下的谦逊,却使人拿起十二分的尊敬来阅读他的诗歌。

一、土地与爱情的见证

我猜臧北出身于农村,至少在农村生活过很长一段时间,否则就很难解释当他写到土地、草木与劳作时,他的诗歌中显现出的那种平静与喜悦。实际上他的诗歌里弥漫着一种无处不在的尘世气息,这是一派氛围,

---

① 韩东. 韩东谈写作(节选)[J]. 电影世界,2015(1).

并不关乎诗歌内容与主题。当他生活在农村,他肯定对土地与劳作有很深的爱,就像现在作为诗人的他对诗歌有很深的爱一样。他这样写农村的夜晚:

> 土地从潮湿中获得了美
> 青蛙从稻田和沟渠里现身
> 仿佛月亮的合唱
> 小丑脱下伪装
> 回到禁欲的童年:
> 便秘和绝望曾经阻碍过他的成长
> 他热爱书籍
> 却因此放弃思想
>
> 哦,就像此刻肉体放弃了抵抗
> 灯光全照进黑夜巨大的编织袋里
> 被投递给黎明
> 仿佛灵魂不曾有过
> 微弱者重新掌握权柄
>
> 　　(《土地在潮湿中……》)

这是农村与往常一样的夜晚,夜色中,大家坐在村口有一搭没一搭地说着话,在黑夜的母体里,土地、青蛙、肉体……一切又回到了它们自身,宁静深邃而又生动自然。"灯光全照进黑夜巨大的编织袋里/被投递给黎明/仿佛灵魂不曾有过/微弱者重新掌握权柄"写出的则是大地与真理、黑暗与正义的本性统一。"灯光全照进黑夜巨大的编织袋里"这样的句子和"黑夜""编织袋"这样的意象充满了力量感与冲击力,仿佛一轮瞬间升起的朝阳将人从睡梦中唤醒。只有在农村生活过的人才写得出这样的诗句,那仿佛是一个懵懂少年奔跑在农村的夜晚,头顶是漆黑一片的夜空,农家小屋漏出的灯光仿佛是他从这幕布上遁世而出的出口。在21世纪继续谈论乡土似乎有点儿太不入时了，就像当年美国主流书评报刊把谢默斯·希尼的诗歌称为"迷失在田园里的诗篇"，说他的"指甲缝里还嵌着前人的泥土"，但是希尼把英国文学传统和爱尔兰民间乡村生活结合起来，以一种带有现代文明的眼光，冷静地挖掘品味着爱尔兰民族精神。臧北也是如此。他深刻地认识了土地、劳作与写作的关系：

> 收获土豆的时候
> 汗水消逝在土壤里的一瞬，我发现了真理
> 像一条躲藏在草丛里的响尾蛇
> 身体的劳作把它惊起
>
> （《拟古》之十六）

写劳动与收获的关系非常直接、明快，充满了喜悦与欢快，像农人的朴素箴言。但你也可以认为他意指的是写作，是冥思苦想之后一个忽然蹿入脑海里的崭新意象或诗句所带来的惊奇与喜悦。这种喜欢是明快的，也是朴素的、谦逊的。就像他的爱情一样。他写到爱情的时候，都是以一种倾诉的口吻，像是面对着自己所爱的人，把内心的爱恨交织和盘托出：

> 我打算去看你，
> 我积攒了大半辈子，
> 很快就可以动身了。
> 就看看你，
> 然后就回来，
> 心满意足地完成我的大事记——
> 我爱上了你，
> 却不知道你的名姓。
>
> （《拟古》之七）

这首诗集中体现了他的爱情观。这个人信奉爱情，"爱得像地狱一样

深",那爱的对象就是唯一能救赎他的上帝。但是他宁愿自己深陷在"地狱"里挣扎,从不大声向着她呼喊,因为他爱她,他怕打破了这自己制造的梦境,他只是不断压低自己,显出她的高大,这种高大值得他久久的仰望。就如这首诗中,他"积攒了大半辈子"的爱,准备去看看对方,"就看看你,/然后就回来",没有任何要求、目的,然后就"心满意足"。他必须无怨无悔地奉献出自己的爱,虽然连对方的姓名都不知道,仿佛只有在爱中他才完成了自己。他甚至设想一种最为极端的情境,以死来证明爱:

> 我想
> 如果我死了
> 你或许会对我好一点
> 你或许来看我
> 洒下一些泪
> 你或许会对你的朋友说
> 这个人曾经爱过我
> 　(《有赠》之二十六)

这仿佛是一种祈求,而在祈求的同时,他不断地说"或许""或许""或许",于是肯定变成了否定,希望变成了落空,这祈求没有证明"你"对"我"的爱,但却进一步确证了"我"对"你"的爱,这是被爱捆绑后对痛苦心甘情愿的忍受。在两者的对比之中,映照出他爱的炽热。臧北诗中的这种爱与舒婷在《致橡树》中写到的爱情完全不一样,在舒婷的诗中,"我必须是你近旁的一株木棉,/作为树的形象和你站在一起"。她强调的是平等,是对自我的上升与强化,是共同的承担与分享。而在臧北的诗中,爱情是毫无保留、毫无底线地付出。《致橡树》敏感地捕捉到了思潮的律动,顺应了青年人对新的爱情追求的需要。而臧北的诗则回归了爱情本身,在一种爱的沉醉中乐天知命,它更符合爱的本质。而有时,他强化了这种对照感,将"你""我"的高低对照推到极致,让双方直面,在视角的相互转换之中，以物来对"我"命名，并心甘情愿地被对方所占有，这"物"在低低的尘埃中抬眼渴盼，眼中满是爱的疼痛与深刻。比如：

　　那一瞬
　　我看见你在这房间里
　　使用我这个异性的身体
　　正端着茶水
　　踱步来到窗前
　　　　（《有赠》之十六）

　　我不过是你的一件
　　丑陋的艺术品
　　可你为什么总是让我
　　想到美呢
　　　　（《有赠》之十九）

这两首诗的共同特点，是将自己由一个人置换为一个物，人时时有心底的波澜，而物则面对世事、波折，始终无声无息、无痛无痒、无动于衷。这种将"我"客观化，实际上是欲盖弥彰，从另一个侧面反衬出爱的强烈，就像一个突然间遭受噩耗的人在一瞬间呆住了一样，在这种关系的倒置中，通过自我的矮化，显出对方在自己心目中的高大，仿佛一位女神立在自己面前，好献出自己的爱意，所以它本质上表达的是一种极端谦逊的爱恋之情。

二、自我与上帝的对证

孔子说，三十而立，四十不惑，五十知天命。他没有为二十命名。按照我的经验，二十觉醒。一方面他对人情世故有了一定的积累，初步懂得了世间百态；另一方面，知识眼界的打开，开启了他的心智，他急切地想要认识自我,所以他从外界把目光收回,转向了自己的内心。而在臧北这里,表现得较为特殊,他仿佛是一步跨过了二十岁、三十岁,远远地站在多年以后,隔着遥远的时光注视,以一种平静、自省的姿态对自我进行了扫描。

> 它老了
> 羞于回忆
> 缩在房间里
> 它感到这一生
> 全浪费了,在无边
> 情欲的大海里
> 它的脸烧得通红
> 感到惭愧
> 于是把头更加深深地
> 埋进了粗糙的手掌里
> 它只有裹在厚厚的
> 黑暗的茧壳里
> 才感到稍微自在
>
> (《我的心》)

这首诗仿佛是出自饱经风霜之人,它低调、谦逊,写出了短暂一生,以及经历烦琐世事之后的孤独与平淡。但实际上它不过是臧北对自己老去之后的一种虚拟和揣测,这代表了他对生命的一种敏感,在时代的风中生命的琴弦时时弹出温柔的颤音。他没有虚拟地去追寻事业的功绩,或者像海子那样感叹功业难成,"巨大石门越来越不接近完成"(《太阳,你是父亲的好女儿》),他关注的是内心,是自我灵魂的摆放妥帖停当。对于生命与自我,他取一种放任独处、淡泊由之的态度,"迷阳迷阳,无伤吾行",放弃执着,自觉将自己放低,在混沌大化中,只取一个孤独的据点,独自抚摸自己的内心。

  当我的心感到饥饿
  我就喝一小杯糖水
  哦，只要一小杯
  它就满足啦
  就会继续闭上睡眼
  而我也就不再受到它的指责
    （《有赠》之十三）

  这种生命的幸福与满足既简单又卑微，没有雄心壮志，没有非分之想，也放弃了对真理与教义的追求，自我浑融在大地与世界之中，他没有向外挣脱的欲望，只想在大化的巢窠中满足于"喝一小杯"生命的"糖水"，品味生命的苦涩与甜美。在对自我的观照中，他必然一步步走到对生与死的揣度和思考。我曾经在另一篇文章中说过，年轻的诗人往往喜欢"虚拟生死"，这里面既有年轻的心开始在思想上觉醒的因素，还因为青春是可以任人挥洒生命、时光的年龄，他在这个生命的阶段想要对一切进行验证和探究。在他的想象中，甚至连死亡也是美好的。

  哦，上帝
  我吃饱饭啦
  我虚弱的心灵安静多了
  我不再抱怨
  只希望慢腾腾的死亡
  能快点
  （《有赠》之二十五）

  好多人死了
  他们在临死的时候说
  我受够啦
  这样苦闷的生活

然后就坐在飞毯上
但是他们从不会回头
告诉我们这些继续受苦的听众
他们飞到了哪里
　　　（《有赠》之二十九）

　　这是一个谦逊、宽厚的人对死亡的想象，没有诅咒与憎恨，他对死亡的想象是兴高采烈的，仿佛带着美好的期盼，去进行一次美好的旅行。当然或许因为他缺少真正的死亡体验，死亡是生命的直接消灭，他没有真切感受这一点。他是站在远处，以看风景的姿态，隔岸静观死亡的戏剧，艺术性地呈现出其美感。同时，由于他不想因为死亡来伤害自己的单纯与美好的青春想象，他对死亡进行了诗意的处理。在有些诗中，虽然语气决绝，如：

我已经厌倦了你的那些鬼把戏
请快点动手吧
哦，上帝
像你对付稻田里的稗草那样
把我连根拔去
　　　（《有赠》之三十）

　　但这里呈现出来的死亡本身并非面目狰狞，仿佛一个朋友的邀请。可喜的是，在对死亡的想象中，他发现了自己的上帝。在上引诗句中有对绝对主宰的呼吁、恳求和祈愿，但在大多数时候，他与上帝的关系不是诉求与救赎的关系，而仿佛是面对一个多年的朋友。

上帝
感谢你的赐予
我吃饱饭啦

> 我心眼里的空缺被食物塞得满满的
> 那种空落落的疼痛
> 最终还是输给了你的无所不在的智慧
> 　　　　　（《有赠》之十七）

　　这里讨论的是在上帝之光观照下凡尘生命获得的完满与疼痛，它要表达的内在意旨是严肃的，但是在诗歌风格上，特别是通过语气词的使用，将严肃消解掉了，使得它仿佛是邻居间的家长里短。但是，他的态度又是认真的，虔诚的。这种认真和虔诚，并非是因为他需要上帝作为精神上的救赎者，将他从尘世中救起，他需要的是一个优秀的倾听者，来倾诉他内心的快乐与忧伤。这让我想起了另一位诗人穆旦对上帝的发现，由于时代和生活环境的巨大差异，他们对上帝的讨论有着本质的不同：

> 我不再祈求那不可能的了，上帝
> 当可能还在不可能的时候
> ……而我匍匐着，在命定的绵羊的地位。
> 　　　　（穆旦《我向自己说》）

> 我什么也不干
> 只是等
> 等天上那个唯一孤独者
> 在水面现出倒影
> （臧北《拟古》之十三）

　　齐奥朗说："世人谈论上帝，不只是为了在某处'安顿'自己的疯狂，也是为了对此加以掩饰。只要忙于上帝，你就有了悲伤和孤独的借口。上帝？一种法定的疯狂而已。"[1] 也许对穆旦来说这是对的，但对臧北来说并非如此。穆旦是在不能承受他所背负的东西的时候投向了上帝，

---

[1] ［法］E.M. 齐奥朗. 眼泪与圣徒［M］. 沙湄，译. 北京：商务印书馆，2014：118.

他虽然口中说着："而我匍匐着,在命定的绵羊的地位。"他却时刻准备着背叛这地位。他几乎是咬牙切齿地说的。穆旦是时时准备着抗争的,所以在 20 世纪六七十年代,严苛的环境不允许他写诗,他就通过大量的译诗来训练和保持自己对文字的敏感。而臧北对上帝的发现是源于一种生命本身内在的契合,他的谦和、逊让使他可以心平气和地接受一个高高在上的裁判和"命定的绵羊的地位"。他并不需要上帝帮他担荷什么,他只是天然地需要一个更高的倾听者,一个可以祭拜的对象,来奉献自己的单纯与敦厚,同时自身也在这倾诉和仰望中获得满足与平静。

三、过去与未来的生长

就我所知,臧北的诗歌主要集中在 2010 年出版的诗集《有赠》中,这本诗集是老铁主编的"新昆山人文学丛书"之一,共有六辑,从中我们可以看出臧北在诗歌写作上的成长之快。最初的《杜撰的爱》《古诗》两辑中的诗歌还比较稚嫩,但是到第三辑《有赠》他迅速成长,有了质的提高,并迅速跨过第四辑《癞蛤蟆之歌》的短暂反复,最后到《拟古》《也许是风声》两辑他基本找到了自己的写作方式。细读这本《有赠》,你会发现臧北的诗歌渊源有自。《有赠》这个诗集名称（也是诗题）本身会让人想起戴望舒的同题诗,并进而品咂到一种诗歌的古典韵味。戴望舒是 20 世纪 30 年代现代派的代表性诗人,在创作形式上他是完全现代的,他的诗歌体式、音节等处理得非常好,没有闻一多等新月派作家偶尔会出现的生硬之感。但是从诗歌风格上来说,戴望舒又是传统的,他诗歌情调里面虽然也掺入了现代的因素,但脱不了古典温婉、感伤、孤独的调子。凡是读过戴望舒的诗歌的人都会强烈感觉到他诗歌中弥漫的古典韵味,他对生命感受的抒发也是古典的,让人又不由联想到晚唐诗人温庭筠、李商隐的诗歌。臧北的诗歌因着时间的淘洗,表面的颜色已经有所褪色,但是骨子里古典的情怀依然没变,他的情感在淡淡的抒发中,显得节制、温和。比较一下:

左手的修辞

　　谁曾为我束起许多花枝，
　　灿烂又憔悴了的花枝，
　　谁曾为我穿起许多泪珠，
　　又倾落到梦里去的泪珠？

　　我认识你充满了怨恨的眼睛，
　　我知道你愿意缄在幽暗中的话语，
　　你引我到了一个梦中，
　　我却又在另一个梦中忘了你。

　　我的梦和我的遗忘中的人，
　　哦，受过我暗自祝福的人，
　　终日有意地灌溉着蔷薇，
　　我却无心让寂寞的兰花愁谢。

　　　　　（戴望舒《有赠》）

　　我该用什么形容这岁月呢
　　那时缓时疾的飞鸟
　　从我的田野上空飞过
　　我该用什么形容这田野呢
　　数十年，我吸取它的养分
　　可它依然肥沃

　　在这块平缓的山坡上
　　杂草和我的麦苗一起成长
　　哦，我也将加入它们
　　在一次醉酒之后
　　我躺在温暖的土壤里
　　我的爱人早已成了它的俘虏

阳光下，懒洋洋的

伸展着臂膀

（臧北《拟古》之四）

    虽然两诗所指不同，一为写爱情，一为写功业，但是在诗歌风格上都是采取一种低低的倾诉的语调，仿佛是自言自语，又仿佛是一个人独坐在风中的遥想。翻看一下臧北这本诗集，从《古诗》到《有赠》再到《拟古》，这些诗无不体现出他的古典情怀。一个谦逊的诗人，他选择这种古典的诗歌美学是一种本能，因为他低调，温和，不喜张扬，念兹在兹的是"深具东方诗的神韵"的"田园乡愁与牧歌情怀"。[①] 这种古典的巢窠对于他温婉的心灵来说再合适不过。

    但是，这种古典之风在诗歌创作上也有限制，那就是它能表达的情绪总是有限的，而且无论他在技术上、语言上如何创新，最终所呈现出来的格调总是旧的，与时代隔着一层，不能表现这新世纪人类脆弱的心灵不能承受之重。而且这古典的诗意有如老照片一般，虽然有一种泛黄的沧桑之美，但总不如新照片来得新鲜。而臧北似乎已经意识到这种诗歌风格的短处，也在寻找突破，尝试新的风格，比如今年出版的《南方七人诗选》中，他的《玛丽》等几首应该是新近作品，诗名完全是西化的，尤其是《玛丽》（"我们回到乡下吧"）这首诗在体式上采用长篇大段，虽然篇幅并不长，却让人有汪洋肆虐之感，在语言上放得更开，无所束缚，在信手拈来驳杂的语言中呈现出日常生活的诗意。

    我相信臧北的诗歌，在不远的未来，一定会走得更远。

[①] 李伟超. 意象、意境与诗思——戴望舒诗歌民族品格的现代建构[D]. 石家庄：河北师范大学文学系，2009.

无处归依的乡愁

——张口诗歌印象

翻看着手头这本自印诗集《我一直生活在你的远方》，我终于可以来对张口的诗写点儿我个人的感想。其实，我想写的冲动是早就有了。两年前，张口将他的诗集送给我，我惊喜于他良好的诗歌感觉，他在悲与喜的两端都能收放自如，在现实与回忆里的自由穿梭，叫人唏嘘不已。我读了之后就跟杨隐说，关于他的诗我们应该写点儿什么。可是，半是世事牵绊，半是性本疏懒、散漫，一搁就搁了两年。

第一次见到张口是杨隐介绍的，当时一听到这个名字，我脑海里马上跳出了鲁迅《野草》里的那句"我将开口，同时感到空虚"。张口给我的印象是一个略显羞涩、腼腆的青年，不善言辞，后来读到他的《一个失去舌头的人》更印证了我的想法。他是江苏东海县人，大学毕业后留在苏州，像所有青年一样为理想和生活打拼。身在异乡，而又时时怀想并不遥远、却只能在梦中出现的故乡，当他一个人默默走在路上，或是静静地坐在窗前，那种寻找精神归依的冲动是非常强烈的。号称"人间天堂"的苏州，表面上是粉墙黛瓦、曲池勾栏、小桥流水，快与慢和谐而宁静，但与所有现代城市一样，它的内在的腐烂与异化是不可避免的。张口在诗歌里特意写到了两种不同的"白"，"早晨的阳光显得特别白，白的像照在一座/忙碌的医院里"（《光阴笔记》）。"木渎香港街的早晨，一辆垃圾车上掉下一张白纸/白白的一张纸令我感动不已"（《木渎香港街的早晨》）。将这两种"白"并置，对比鲜明，让人触目惊心，显示出张口敏锐的诗歌直觉和语言提纯能力。前者的"白"是苍白，死白，白费光阴，白茫茫一片真干净的白。"我们年轻的生命，我们却已太过悲伤/风尘仆仆，患上疾病。"(《冷空气》)对于这个有病的时代,"医院"的隐喻准确而有力,击中要害;后者的"白"是纯白,是万绿丛中一点白,也有可能是白日做梦的白,一张白纸无论如何盖不住灯红酒绿和红尘滚滚。"炫丽的霓虹像彩色的绞肉"(《女同学》),绞着青春与尊严,该灿烂的依旧灿烂,该腐烂的继续腐烂。在未与这个城市建立紧密联系之前,却发现了它异化的另一面,这也许是张口没有料到的。而他作为一个外地青年,又无法融入这当下的都市生活中,于是生存中所面临的压抑、独在异乡的孤独与寂寞扑面而来,将他逼向逼仄的角落。"我将生活在墙上,生活在/云端,生活在地下,/生活在黑暗中,/生活在一切作品的缝隙中"(《对面的声音》),他可能生活在一切地方,但就是没有生活在大地上;这是一个与黑夜相伴而生的人,他没有一种正常的生活。所以,诗集《我一直生活在你的远方》中,劈头盖脸而来的就是一句:"这里,待不下去了。"因为这座城市让他无所寄托,他始终在天上飞,始终没有落地,没有融入这尘埃之中。

还好,还有爱情的憧憬。自古就是才子佳人聚散地的苏州,或真或假的爱情故事每天都在上演。作为涉世未深的少年,张口当然相信爱情的美好。"书架后的女孩,对于她的美丽/我感到不适,不时咳嗽,眼睛斜视……如果下雪了/她还没有向我走过来,走近这扇窗口/在窗玻璃里面我会一直病下去"。这是对美好感情的期待,那种少年面对一瞬间的美丽时所表现出来的期期艾艾、遮遮掩掩的情态,很可笑,又很美好、蕴藉。在恋爱中的少年眼里,爱情总是如此美好,"她清澈的双眸如同行走的两片水草"(《光阴笔记》),动静结合,干净而又清澈。但即使在爱情中,他也是羞涩的,"阳光下我羞于行走就是害怕遇见她,她会看见我/红扑扑的脸与黝黑的皮肤和白色的上衣格格不入"。这羞涩增添了爱情的魅力,却使他感到对爱情的无能为力,"多少年了,我的眼神依然抓不住你"(《天堂下雨了》)。与生活中一样,他有意站在低处,抬头看着飘来的爱情,却总被高蹈的爱情一脚跨过,感觉"自己像一个怪物/打着伞走在雨中"。

眼前的城市,冷漠而糜烂,连爱情也已经走远。在对它的审视与审判中,回忆打开了缺口,那潜意识当中的世外桃源,安稳美丽的故乡跃然于胸中。在与故乡的对比中,此时的城市更显出肮脏与冷漠。于是,在此地寻找不到精神归依的灵魂，渴望着在故乡的彼岸悠然入梦。然而，正如余华所说："回首往事或者怀念故乡，其实只是在现实里不知所措以后的故作镇静，即便有某种抒情随着出现，也不过是装饰而已。"① 果然，一次归乡之旅让梦碎了一地，那个以为一直存在的世外桃源早已消失，梦中充满诗意而宁静安稳的故乡只不过是诗人站在此地遥望时一种美丽的情感想象而已，它是急切寻找情感寄托与归依之际，一种心理和情感上自我安慰的托词。回乡之后他发现小时候"洗过澡、摸过鱼虾"的小河被"填充了厚厚的生活垃圾"，"我再也听不见如鼓点般密布的蛙鸣/我再也听不见如线团般纠结的蝉鸣"，给童年记忆涂抹声与色的一切都消失了，现代化的推土机早已夷平了情感家园，"……大地之上再无风景"，故乡狠狠地在诗人的心上插上了一刀，让羞愧与心痛混合着在诗人心头翻滚，诗人喃喃自语："我紧紧拥抱着眼前，再也没有家乡。"（《冬日书》）

值得注意的是，在诗歌形式上，张口更多采用的是组诗的形式，而不是一首首各自分散而独立的短诗。这说明了一个事实：那就是这种面对此在与彼岸故乡的同时消失，这种无处归依之感是一种持续的心理体验，是一种笼罩的稳定的情绪氛围，并非偶遇、随感、即兴，不会在一瞬间闪烁即逝。而所谓故乡不仅仅是童年的炊烟和熟悉的山村小路，它更是情感与回忆寄托、储存之地，乡愁的泛起也就是寻找精神家园、心灵归宿的努力。然而随着工业化、城镇化的发展，象征人类最后精神家园的乡村，早已面目全非，疏松的情感土壤被强力混凝土所板结，摇曳的稻花与麦穗被机械手臂收割一空，自由流淌的情感河流被堵塞和污染。现代人的心灵再也没有退守之地，再也无法找到一个妥善安放的处所。近年来老照片、老物什倍受热捧，老歌也被一再翻唱，反映的正是人们寻找精神记忆的情感冲动。从这个意义上说，张口无处归依的乡愁，其实也是大家共同的乡愁；他的精神流浪，也正是大家的情感漂泊。

正如诗集名称"我一直生活在你的远方"所昭示的，这是一种失望后主动的疏离，但又没有走远，还在远处凝望着，天堂已然远去，家乡面目全非，回不去，留不下，只能"彷徨于无地"。

---

① 余华. 在细雨中呼喊［M］. 北京：北京十月文艺出版社，2018：25.

与江南对坐

——读贡才兴诗歌随感

贡才兴是一位山水爱好者，在工作之余，他经常流连在以苏州为圆心、数百千米为半径的江南山水之中。我曾看到过一张照片，他坐在溪流边的一块巨石之上，周围群峰起伏、碧水奔流。那一刻，我感觉他是另一座山、另一条河，在与整个江南对坐。在对坐之中，诗句如水，潺潺流出他的身体，去拥抱那群山万壑。

在贡才兴的身上，有一种矛盾。他是一家保安公司的老总，管理着几百号以力量和手腕吃饭的人。但是当你和他聊起天来时，他侃侃而谈的是洞庭秋波，是古村落的余韵，是深山古寺的磬音。那些丝绸般柔软的吴门旧事、历史趣谈，像太湖之水一波又一波。他的内心实在是柔软的，对这片土地有一种深沉的爱，所以他写澹台湖、大明山、韩妃祠是如此，写夏至之雨、白紫桑葚、雪中之鸽，亦是如此。正如他在《抚摸一个村落的乡愁》诗中所写的"落花在青石上做梦……/初心复苏被一个村落的乡愁抚摸"。几乎在他的每首诗歌中，都能品咂出这股苦涩又甘甜的"乡愁"滋味。他对这片土地的疼痛太熟悉，对这片山水的呼吸太了解，以至这成为一种文化情节，结晶在他的诗歌里。反过来，他又渴望从这结晶体中获得支撑，获得养分，获得呼吸的空气：

　　高高厅堂下　我们低低坐着
　　暮光返归过来……
　　我们多像被世道遗忘

>   却又相互依偎的两粒尘埃
>
>   (《敬修堂的傍晚》)

可以看到,他是以一种低处的姿态来面对这些文化的显现物。这里的"高"与"低"是诗人有意设置的一种位置对比,它源于心灵的需要,就像坐在矮凳上困乏了的孩童需要一把更高的椅子一样,可以搁上他的双手、枕上他的额头。正如诗句所展示的"当我们转身离去/青山如黛久违的春光贯穿过梅的忧郁/那一片残雪与梅花托起的浮世/……在我们的背后闪闪发光"(《山寺梅花始盛开》)。从天空和枝头照耀诗人的山间小路与午夜梦回,在与江南对坐的冥想和观照中,山水因了这份目光和心绪的凝聚,将回忆、将往昔逆流而上,送回到诗人跟前。它们携带而来的光亮,在诗人的身后烘托出一个巨大的真身,等待他返身相认。因为

>   盐如雪色　雪色如我　每个人身上都秘藏了一个源头
>
>   (《雪色如我》)

沿着这条语词砌成的小路,诗人企图接近那个源头。毕竟,"秘藏"得再深,它也会在词语的密码中泄露一星半点的信息。所以,他的与山水晤谈、与江南对坐,是一种身心俱入的体悟。顾随认为诗歌写作是一种"因缘"相应,是一种"会",要有心与物的"聚合"和"体会"以及主体之"能"这三者才能达到"会"。① 其本质上是一种心物交换、主客相应,通过物对心的照耀、心对物的统摄,最终达到心物一体、主客统一,诗意乃从其中析出。他又说"'会'自然不是'离',离心离物皆不可。不离而'执'亦不可(执即执着)"。② 因为"离",则主客体无法统一,诗意无从谈起;而"执",则是将物无限放大,不见其他,有时被障目而不见泰山。从这一点来说,贡才兴的诗歌也是"执"的,他的诗歌执着于

---

① 顾随. 驼庵诗话 [M]. 顾随全集 3(讲录卷). 石家庄:河北教育出版社,2000:17-18.

② 顾随. 驼庵诗话 [M]. 顾随全集 3(讲录卷). 石家庄:河北教育出版社,2000:18.

书写江南这片地域的古韵今风，尤其是沉浸在对过去的文化想象中。只注重于一端，有时并不能很好地接近目标，相反，需要跳开，需要从远处打量，建立一种平衡的目光。诗歌看起来玄妙，但其中有种切实的平衡，有种无处不在的力，需要很好地去拿捏处理。阿基米德说："给我一个支点，我可以撬起整个地球。"我们习惯于一直在滞重的"地球"这一端发力，如果我们跳开去，到宇宙深处，找到那个支点，也许更能轻松地撬动诗意的"地球"。

在句法上，贡才兴的诗歌喜用相对整齐的长句，通过匀称的诗节组织来铺排，以一种舒缓、均衡的节奏来推进诗意。长句的应用由于嵌入了更多词语，拉长了阅读时间，延缓了反应的即时性，使语义的集中度提前释放，使强度得到分摊，从而让语调显得更为平缓，更为和婉。比如：

> 寂寂地行走　抚摸一个古镇胞衣之地的忧愁
> 老屋的骨骼零落孑立在那里　曾经的事物在那里
> 古戏台还在　辗盘　水瓮还在　井水还清冽着
> 久别的故人　偶尔会来这里张望　窥探
> 亘古如慈的夕光透过壁垒　这一切未为可知！
> 　　　　　　　　　　（《行走在崇仁古镇》）

诗人的语调是平和的，他倾向于带领读者深入细节的褶皱之中进行一番心灵考察，通过时间和空间的延亘缓缓呈现出自我峥嵘的内心。这些长句有时如同连绵起伏的群山，无可争辩地横亘在读者的视线之中，它们以高耸、莽苍的群像，矗立在诗歌地平线上。诸多心迹在语言的山水中逐渐绵延，虽然诗句最后加以叹号结尾，但感情强度并不甚高。试比较：

> 朝饮木兰之坠露兮，夕餐秋菊之落英。
> 苟余情其信姱以练要兮，长顑颔亦何伤。
> 　　　　　　　　　　（屈原《离骚》）

> 抚剑而雷音，猛气纵横浮。
>
> 泛泊徒嗷嗷，谁知壮士忧？
>
> （曹植《鰕篇》）

两诗皆用对比手法反衬诗人之高洁和胸怀，但由于采用的句式不同，前者读来有九曲纡回、愁肠百结之感；而后者则显得更加愤激，干脆直击。贡才兴诗歌中的长句有时类似于江南山水相连的曲曲弯弯的长路，它连接着奇峰，但那些道路两旁秀美的风景吸引了人们的目光，对于诗中细节的专注使对整体意涵的把握受到牵制。组成这些长句的，是词法上众多同属类意象的并置。这是诗人的珍藏之物，不能割舍。白描式的依次呈现是贡才兴的常用手法，比如《信札，或木梨工碚那个夜晚》一诗，从村口，到屋脊、山泉、灯火、溪声、菜地……诗人用欣悦的眼光将这些意象一一照亮。可以看出，这些意象之间是平行的，没有构成层层推进的递进关系。而从接受的角度来说，用十几行诗句来铺陈这些意象，诗歌的叙事节奏过于舒缓，内在诗意的推进缺少快与慢的区分，容易引起阅读上注意力分散和审美疲劳。

在形式上，贡才兴倾向于将诗歌划分为诗句长短相近的若干诗节，使整首诗显得整饬、匀称，有一种调和之美。比如《踏着纯洁的雪光而至》这首诗，共四节，每节五行，每行皆在十五六个字左右，最多者十九个字，最少者十二个字，所以诗歌在形式上看起来整体感非常强。这种形式上的齐整和大长句的平缓语调的运用，跟诗歌所包涵的与自然、记忆往事的和谐是一致的。形式和句法加强了诗意，而诗意则将形式和句法很好地包容在一起，营造了一种和谐的意蕴。从这个意义上讲，它符合顾随所强调的诗要追求"调和"的观点，矛盾、美丑、善恶皆在诗歌的炼丹炉里融合为一。但是这种"调和"应该理解为内在的，而非外在的，即它是斗争、博弈的结果，而非词句表面静态的展示。它应该是海水，而不是湖面。我认为贡才兴的诗歌更多的是平静的湖面，而较少幽深的海水。"调"者炼化、融冶，"和"者无间，只有经过相反相违多重意象的相互反驳、角力，最终融为一体，这才是真正之"调和"。所以"调和"并不是意味着诗意的岁月静好，也不是意味着语词层面的风花雪月，它应该有从语词、意象，到诗句、整首诗意蕴的颤栗、痉挛、复仇……最后才能达到平静。没有内在的矛盾往还、意象之间的拔刀相向，凭空而来的"调和"是假"调和"。这是诗歌的辩证法。

既然诗歌是如许之多元素的相互化合，那因了火候、比例、手法的不同，诗歌就有了千变万化的可能。变是诗歌的精神内核，许多人将所有文学门类的最高境界、最高精神称为"诗"当是就此意义上而言的。对于诗人来说，不断叛变自己，寻求诗艺上的突破，力求用新的形式来表达崭新的意涵，这是值得以一生去追求的。可以看到，贡才兴也在朝这方面努力着，他最近的一首诗《落星坟》让我感觉他的这种努力是有成效的：

　　云过山脊　教堂唱诗班的孩童
　　把天上弦月酬唱成滚滚圆月

　　石湖也将当年风光的田园山水
　　沉淀成一汪瘦水"是光阴背后的一面镜子"

　　七星当空　能照见顾野王的坟茔
　　几丛萱草在坟头飘渺　苍鹭低咕其中

　　舍宅为寺　离红尘再远一些
　　和遗落在坟边的星星久别重逢

　　夹竹桃花开了"长歌挑碧玉　罗尘笑洛妃"
　　星辰就要隐遁而去　有一种指引魂魄的光辉

这首诗脱去了他一贯追求的和谐、均衡、天人合一的那种诗味，出现了开阔、突围之感。尤其是起句，高迈入世，"云"与"唱诗班的孩童"之间奇妙的对应，意味深长。而意象的安排并没有沿线性展开，它是散点布置，而又指向明确，有星罗棋布般的着意经营。这首诗恰可以作为贡才兴大多数作品的一个反例。诗歌中意象的分散有两种，一种是意象群沿一条诗思之线均衡分散布置，如同长江边的一座座城市，虽然都滨江而居，但它们的城市个性和内在气质是完全不同的，分属不同的文化圈层。这些意象之间不是围合的，而是散落的，诗意不够集中，众多的意象指向多个而不是一个目标。再比如其《雪色如我》一诗，单独看其中的每一行诗句皆颇精彩，但是细读就会发现，句与句之间、意象群落之间有一种分裂的态势。意象之间没有形成合作关系，整首诗没有统一的中心来笼罩这些意象群，或者说诗歌不止一个中心，而是有多个中心。其中，前四句可以看作是一组，中间四句是一组，最后四句又是一组，它们表达的重点是朝向不同的方向，就像三头蛇奔向三个方向，几欲要将蛇身撕裂。笔者不认为它们能很好地凝合到一起，构成一个统一的诗意空间。还有另一种分散，则是一种有意的布置，即前面所说的"星罗棋布"，天体与天体之间有着显著的引力联系，而棋子之间则更有着严密的攻守与护卫关联，距离虽远，但有一个更高的秩序规范在起作用，内在的呼应使它们结成了一个整体。比如

　　长安一片月，
　　万户捣衣声。
　　（李白《子夜吴歌·秋歌》）

　　孤独的劳动者
　　需要孤独的成果
　　乞丐的盘中
　　需要一声面包

　　如同剧场里
　　需要一个人的低语
　　黎明的树林

需要一只老虎的咆哮

　　（西川《需要》）

　　意象皆是分散的，但前者以一种星光相互照耀的方式联结在一起，结成上下一体的空间；而后者则以列举法来慢慢靠近对于一种内在的缺乏感的诗意表达。这种写法看起来是"东一榔头西一棒"，而"榔头"与"棒"之间此起彼伏、遥想呼应的回声，组成了诗意空间的有序回响。从根本上说，这是一种艺术的变形，一种匠心独运的产品，它相比于"所见即所得"的线性铺排难度更大。诗歌是一种吸收，更是一种创造，我们看到了什么是上天所赐，但我们用双手从内心里捧出献给世界的东西，它应该是另一个崭新的独创之物。重点就在吸收之后的消化和重新塑形，看到的是山水，呈现出来的可能是一个人，也可能是段故事、一种秩序。顾随说"诗中真实才是真正真实"①，翻译一下，就是世界万物必须得经过诗人的改造变形之后才有表现的价值。对于诗人来说，世界上很少甚至不存在刚刚符合你诗意表现所需要的东西，你要靠自己去把它创造出来，从一草一木、一山一水、一歌一哭中寻找蛛丝马迹，组合、构型出你要表达的意象，这样的意象才是独特的、完满的，是一种充满了惊异之感的发现。也仅仅从这个意义上讲，诗人担当了上帝的角色。

　　近日与才兴兄聊天，他说对写诗有所领悟——我现在觉得，诗歌要做到三点：形容词不用，成语的陈词滥调不用，华丽的词藻与熟字不用。笔者听了很是替他感到高兴。他有了这一写作体会，我这篇文章里的大半内容都可删去，不需再写。但既然写了，权且留着，作为诗友之间的一种相互映证。

---

① 顾随. 驼庵诗话［M］. 顾随全集3（讲录卷）. 石家庄：河北教育出版社，2000：8.

心灵的讶异

——评 2017 年小诗人奖获奖作品

诗歌是人类童年的回忆。由于时光的汗漫，回忆慢慢变成了某种梦呓与胡言。诗歌在一定程度上确乎是梦呓与胡言，那是人类精神的返照与回望，它在一个瞬间将生存的真相脱口而出。而梦呓与胡言几乎是儿童的专利，因此，当我读到 2017 年小诗人奖获奖作品时，我理应有所期待。这五个孩子——确实是孩子，最小的九岁、最大的十五岁——他们以无羁的想象，沉浸在各自的文字积木中，搭建着笨拙却又可爱的城堡。有点儿纯真，有点儿幼稚，有点儿胡乱。但我们要热爱胡乱，海子曾说："放开，放开，想怎么干，就怎么干，要热爱胡作非为！"这位赤子诗人一语道出了诗歌艺术的真谛。在这些孩子身上，有一种诗意的天才，他们本真的涂抹，因有七色阳光的照耀，恰好对应了世界的色彩。

这些诗歌，是一种心灵的讶异，他们童稚的眼睛，一一扫过万事万物，其初心萌生的惊奇与喜悦，期待着向我们诉说。经由孩子们像透明玻璃般清澈双眼的过滤与折射，这个世界是如此有趣，充满了生机。他们告诉我们，下雨之前，一定有一场孩子气的追逐与打闹，最后"太阳伤心啦/哭了起来"（江欣彤《下雨》），这是源于对世界的最初想象；一只喝水的杯子，亲过爸爸妈妈的嘴，亲过小主人的嘴，但是"他既不讨厌这些嘴/也不喜欢这些嘴/他喜欢的是另一个杯子"（夏圣修《杯子》），就如同小朋友真正喜欢的还是和另一个小朋友玩一样。孩子们掌握着与万物沟通的秘密语言，因此亚瑟能与迷你王国的朋友们对话，而他的父母亲却目瞪口呆无法理解。根据皮亚杰的认知发展理论，在儿童的生长过程中，有一段时间是经常分不清现实与想象的,他们容易将真实的世界和想象的东西混合在一起。所以对于他们来说,万物有灵,每一只兔子、每一棵小草、每一声鸟鸣……都在向他们传递奇妙的信息和语言,引起他们极大的兴趣。而随着他们将这种奇妙的过程和所见所感呈现出来,就变成了美好的诗歌。即使是一些在我们眼里最简单不过的人或事物,在他们的眼里都充满了无尽的诗意:

>她是深海的人鱼公主
>她有海带头发
>她有珍珠眼睛
>她有珊瑚耳环
>但是
>都请记住
>她没有
>鲶鱼一样的胡须
>　　(江欣彤《人鱼公主》)

>亲爱的星星老师,
>月亮老师,
>大树老师,
>白云老师,
>你们好久没有叫过我的名字。
>知了老师,
>还不忘天天喊我。
>　　(刘明俊《致老师》)

前者是一种平静的描述,它的语气是严肃的,但是它的内在是快乐的,如同孩子们常常对一件小事哈哈大笑半天一样;后者运用一种层层铺垫和对照的手法,有点儿小失落,仿佛孩子嘟起了嘴,但也有点儿小调皮，他还没说完就会得意地嘿嘿直笑。

诗歌作为一种艺术，从根本上说它属于感觉，属于直觉和本能，是一瞬间触发的结果。一旦加入了思索和反刍之后，早晨新鲜的露水就消失了。而感觉无疑是孩子们最为擅长的，他们的心灵还没有磨钝，他们的敏感还没有退化，任何一点儿风吹草动都容易在他们的心上引起波澜，他们以自己独有的方式，从自己熟悉的事物、场景去解释，去想象。所以飘浮的云朵肯定是"星星们刚为黑洞补好的衣服"（胡媛媛《黑洞》），而"公交车一定是天使变的/因为只要公交车一过来"，那些等车的人"他们身上的魔咒就解除了/就会一个个上到公交车里来"（胡媛媛《公交车》）。这些诗歌里有某种确信与肯定，它在精神上是如此健朗和开阔，这和他们对世界的充分信赖有关，和他们对未来的美好想象有关。

> 地球上有过庞大的恐龙，
> 也曾有过凶悍的原始人。
> 我知道，
> 我们是原始人的后代，
> 但我相信恐龙的后代，
> 一定是蚂蚁。
>
> （刘明俊《蚂蚁》）

这是另一个关于小诗人信赖与肯定的例子，你无须去问小诗人为什么相信恐龙的后代一定是蚂蚁，他们总是相信自我感觉。马拉美曾经告诫大画家德加说写诗靠的是词语，而不是思想。[①] 他说得很对，词语是感觉走过留下的脚印，孩子们蹦蹦跳跳地跑过，地上留下了一串串的诗句。这些脚印也许很浅，但是它对应着人类心灵的密码。它可能"是肤浅的——出于深刻！"[②] 而生命之树常青，这些"青青子衿"，在青涩的脸庞上，生命

[①] 伍蠡甫. 现代西方文论选 [M]. 上海译文出版社，1983: 32.
[②] [德] 尼采. 悲剧的诞生 [M]. 周国平，译. 北京: 生活·读书·新知书店，1986: 231.

的光辉如此动人。不过,孩子们毕竟在长大,他们已经有了自己的思考和判断,并在脑海中对这个世界进行思索和建构。比如谭盈盈的这首《吹动》:

> 风吹动母亲的步子,
> 月光吹动游子的背影,
> 游子的背影吹动母亲眼里浅浅的水波。

这里是三个场景的并置,但是显然进行了精心的设计和构思,三个"吹动"之间有明显的递进和推动关系,只有前两句做好了充分的铺垫,最后一句的适时推出才能达到打动人心的预期效果。

另外,最重要的是,这些诗歌还体现了小诗人们自由和快乐的本质。他们还不懂得与此相关的所谓名利,所谓附庸风雅,他们喜欢的是诗歌本身,是随意涂抹时带来的快乐和自由。他们没有功利心,没有名利的羁绊和打扰,一种生命原始的欢喜和自由自在充溢于他们的文字中。自由和快乐是艺术的最高法则,是按照自己的内心去呈现。孩子们正是这样,他们常常沉浸在自己的世界里,对外物不管不顾,自我即一切。他们的心灵既没有成见,也不知道那些所谓伟大的理论,他们没有"影响的焦虑",他们考虑的只是诗歌和自己,所以他们写下的始终是人类的第一首诗。他们可能是无知的,但没有被过早壅塞聪慧的心智,老子说"沌沌兮,如婴儿之未孩",这种无知换句话说即一种心灵的澄明,而且是天然的澄明。尼采说:"此后我们当如何学习关于忘却,关于无知,就像艺术家那样!"①也正是因了这无知,小诗人们常常会拨开层层遮蔽的世俗眼光,删繁就简,发现生命的本真之美。

> 这是一场动物的聚会
> 赛场上

---

① [德] 尼采. 悲剧的诞生 [M]. 周国平, 译. 北京: 生活·读书·新知书店, 1986: 231.

袋鼠和兔子在比赛跳高
豹子和小马在比赛跑步
而狮子和小绵羊又玩起了接力赛
老虎当起了裁判员

谁当观众呢
一群在树梢上欢叫的小鸟
　　（夏圣修《学校运动会》）

这是一个欢快的场景，是一个大家恣意狂欢的时刻。然而，如果仅仅停留在此，我们仍会觉得此诗有点儿平实。不过，当你把标题联系起来之后，你就会发现：既然这是一场"学校运动会"，那所谓的袋鼠、兔子、豹子之类其实不是真正意义上的动物，相反它是小诗人对自己熟悉的同学们的一种形象的外化。阅读至此，想象着一群生龙活虎的孩子们，像一群顽化未驯的动物一样在赛场上奔跑、角力、跳跃、鸣叫，对赛场上和诗歌中的这两场同样精彩的狂欢，我们定会会心一笑。

毕加索说："每个孩子都是天生的艺术家。"套用一句，我们也可以说："每个孩子都是诗人。"他们如一群上帝赐予我们的精灵，让我们有可能重新召唤自己早已远逝的灵魂。而他们的诗歌中洋溢的自由、快乐与本真的艺术精髓，值得我们一生去追随，去守护。

在 2 500 年的阴影下

——新诗与传统漫谈

一

前不久我刚出了本诗集，送了一本给朋友，他翻了翻，合上书，问我："这种诗歌如今还有人读吗？一般人都读不懂啊。"确乎如此，关于新诗，一般读者说得最多的一个话题就是"读不懂"。关于读不懂，马雅可夫斯基曾经有过一个不太友好的说法："我要同志们注意的，首先是他们那个独特的口号'我不懂'。同志们试拿这个口号到别的什么地方去闯闯看。只能有这么一个答复：'学习吧。'"① 尽管这些话有点儿不敬，但它也指出了一个基本事实，那就是当诗人们几十年来在诗歌技艺和内在修为上埋头学习、大踏步前进的时候，我们读者的阅读记忆和惯性还停留在《再别康桥》《大堰河，我的保姆》这一类诗歌里，迟迟不愿走出。除了诗歌写作者，一般的读者谈论诗歌时，他们常常能想到的名字还只是徐志摩、艾青、戴望舒等。说出这个事实，并不是指责读者，尽管今天读者与诗人似乎在相互指责。

有人认为，应该把责任归咎于新文化运动（新诗的出现），他们认为正是倡导"文学改良"的新文化运动通过一种外部力量强行打断了文学自身的固有发展进程，造成了文化的断裂。在新文学诞生百年之际，在总结

---

① ［苏］马雅可夫斯基. 在"今日未来主义"讨论会上的发言［M］. 伍蠡甫. 现代西方文论选. 上海：上海译文出版社，1983：74.

和反思的声音中，这类意见不时出现。与这些意见相反，我认为文学改良正是文学本身运行发展的自然结果，是水到渠成的。从语言和格律来说，从《诗经》、汉乐府诗、《古诗十九首》，到陶渊明的诗词，再到唐朝律诗的完全成熟，对诗歌平仄、对仗等方面的要求是越来越严格，至唐代达到顶峰。而此后，从唐诗到宋词，再到元曲，可以看到人们对格律的要求在慢慢放松，对整齐、对仗的要求在不断降低，诗歌越来越向口语和白话靠拢。在宋词、元曲中已经出现了口语化的用词。从文化心理的层面来说，时代的发展，社会风气的影响，个性开放的要求，对文学作品形式的要求也是趋向更加开放、自由。所以越到近古，从志怪小说发展而来的传奇和白话小说越来越多，越来越代替诗歌占据文学的主导地位，语言的通俗化也越发明显。从创作主体来说，推动新文化运动的这些作家本身即文学系统的一部分，他们来自旧文学之中，深谙几千年来的旧文学之"量变"已积累到非实行"质变"不可的程度，他们只不过是顺应了这一潮流，从内部推动这一趋势的向前。当然，从《文学改良刍议》和《文学革命论》的文本来看，其中也不乏文学之外的考虑，但从新诗代替古诗来看，主要还是源于内在力量的推动，符合文学内在的发展规律。

二

诗歌写作是个人化的行为，诗人可以不理会各种指责与问题。但诗歌的传播与交流、影响力评估则是一个社会化的事情。当读者都在喊着"读不懂"，都对新诗发出质疑，那肯定是新诗在其中某个地方出了问题。如果我们试着去弄清这个问题，我们就会发现，所谓懂与不懂的问题，还关系到如何看待新诗的问题。

不管在内心对自己的创作多么自信，诗人们都必须承认，当前读者对新诗的总体评价是负面的。值得注意的是，当人们指责新诗的时候，惯常都会拿它与古诗进行比较，他们指出古诗的成就多么辉煌，历朝历代那些脍炙人口的作品是多么深入人心，大家是多么耳熟能详。相较而下，新诗史上虽然也出现了一些优秀之作，但与古诗相比无疑差距甚远。在一个巨大的背景之下，初登舞台的新诗显得过于单薄，而观众也吝啬自己的掌声。然而，有意味的是，如果对这种观点稍加注意我们就会发现，其问题的答案正在问题之中。用历史性的眼光来看，新诗只是中国几千年诗歌长河中的一朵微小的浪花，一百年与五千年比较起来，实在太过短暂，其时间跨度仅为盛产诗歌的唐朝所经历的三分之一、汉朝存在时长的四分之一。一条苏州河与一条长江比较起来，它奔腾的气度和流域影响所及的范围当然是无法相提并论的。由于历朝历代统治者的推崇、诗书传家的代代传承，古诗已成为国人的另一条隐形血脉，它巨大的影响力，深深地植根在全民族文化基因之中，由此带来的是长期以来国人对何为诗歌、何为诗歌之美形成了固定化的认同和审美期待，当他们遭遇到新诗不同的美质时，便迟迟不愿认同，以致直到今天仍有一部分读者认为新诗不如古诗美。

说到不懂，大家对新诗还有一个常见的指责，那是晦涩。他们认为许多诗歌是故意为难读者，所以他们也就懒得花时间去研读新诗了。歌德曾说："一般地说，我们都不应把画家的笔墨或诗人的语言看得太死，太窄狭。一件艺术作品是由自由大胆的精神创造出来的，我们也就应尽可能地用自由大胆的精神去观照和欣赏。"① 这是在读者与作品相遇之前需要的一种起码的相互尊重与信任。新诗写作者中当然不乏故弄玄虚者和哗众取宠者，众多的诗歌表演和行为艺术也在一定程度上伤害了大家对诗歌的信任，但是应该看到，绝大多数诗人是本着对诗歌负责的精神来写作的。晦涩是一种艺术风格，对于某些诗歌来说，它是必须的，是诗意生成的必要条件，人为地将晦涩从一种艺术风格降为一个贬义词，对诗歌来说并非好事，用它来指责诗人更加不公平。就如同古诗中的用典一样，有的诗歌用典变成了掉书袋，但有些用典则加强了诗意。想想看，为了学习古诗经典我们曾经花费了多少时间和精力。除了少数通俗易懂的古诗之外，很多我们都要借助注释和解读才能阅读、理解，有的像李商隐的一些诗歌，甚至借助注释都令人百思难解。相较之下，有几人愿意以相同的耐心和尊重来对待新诗呢？在大部分读者看来，如果阅读新诗还要借助注释，甚至还需

---

① ［德］爱克曼. 歌德谈话录［M］. 朱光潜，译. 北京：人民文学出版社，1978：138.

要阅读其他的书籍、引入其他的知识资源，那是一件很荒谬的事。所以，到目前为止，新诗还没有获得与古诗平等竞争的权利。

新诗要接近读者，深入人心，那还需要一段较长的时间，诗人和读者都需要有耐心。

三

但是，新诗的发展本身仍然有问题。一百年前新诗的出现是一个伟大的转折，但目前看来，其出现也是一种断裂。问题就在于它在生根发芽之后，在寻找源头、伸展根系时的舍近求远，舍中求西，它很好地学习、吸纳了西方的经验、手法，而在接续中国传统方面却基本没有及格。也就是说"任督二脉"只通了一脉，所以其长势不好。从有新诗以来，也有一些诗人进行过与古诗传统的对接，进行过一些创作方法的尝试，这种探索一直没有停止，远者如闻一多关于"诗歌三美"的理论建构，朱湘对古诗形式和音乐性的实验，近者如陈先发、胡弦、杨键等对传统资源与手法的化用。但是主要的潮流和风向是向西方诗歌传统学习，这一点是无法否认的。几乎西方各类诗歌流派在国内都能找到传承人。西方文学思潮与手法的引入虽然为新诗写作打开了思路，拓展了视野，丰富了形式，但它始终无法与我国诗歌的源头接通，流动不畅。文化，说到底，是一种基因，一种血液。写作者的文化血脉，读者和全社会的接受基础，都仍然站立在传统文化的阴影之下，作为西化诗歌衍生物的新诗便引起了读者文化心理上的不适应，出现了排异反应。所谓的嫁接，还必须借助于原来的基干，才有可能长出新的枝丫。

在诗歌批评上，同样如此。我们现在的诗歌批评完全是新瓶装新酒，而且是鸡尾酒，都是从西方传过来的那一套批评体系。我们熟练地使用着诸如反讽、张力、悖论等术语，而对风骨、兴会、神韵、意境、性灵等这些传统的批评术语则几乎忘记殆尽。西方的批评方式当然可以学习和借鉴利用，这些批评很严整、很周密，但是读起来总有一种隔阂的感觉。所以，两者不可偏废。我们还在等，等待有人从传统批评中汲取营养，在这

个深厚的基础上建立当代中国的诗歌批评体系。而就当前来说，诗人们应有意识地培养自己的读者，加强与读者的沟通、交流。市面上对古诗的阐释、解读之作可谓汗牛充栋，而关于对新诗辅助理解的书籍则少之又少，我能想到的比较有名的可能就是陈超先生编著的两卷本《20世纪中国探索诗鉴赏》。

对于诗人来说，有一点应当记取，那就是：我们始终是在一片有2500年历史的土地的光照下写作，落笔时词语呈现出的亮度或阴影，都与这份光照有关。千百年来流淌不绝的诗歌之水，或宏阔，或清亮，源远流长。于当代诗人而言，他的写作在某种程度上是与古人对称的一种努力，那些"幽灵读者"总是时时在注视着我们的写作，那些千百年前不安的灵魂和声音期待在新的语词中复活。西方作者的作品，有一个很引人注目的现象，就是他们非常注重对历史上某一意象或母题的继续书写，注重对传统意象、母题的深入开掘。这样，经过几代人的努力，又会形成一个小传统，进一步丰富文学史。一个几百年前的意象，在新的历史星空下再次呈现，它的面貌肯定是完全不一样的，而且由于与此前的写作有一种对应关系，所以它带给读者的阅读感受，会更深一层。当前，新文学百年历程已过，关于复苏传统的呼声日益强烈，渐走渐远的文化呼唤着回归。在诗歌写作上，一批优秀诗人都在力图恢复汉诗传统的光彩，在他们的作品中，传统的面目时有闪现。具有汉语诗歌写作雄心的诗人们应当以自己的方式汇入这条河流之中，以传统之水洗涤自己，并借助的它的浮力与托举，在这条大河上走得更远，看到更多美丽的风景。

中编

"傲慢"与"偏见"

——论车前子散文

在当代文坛,车前子在散文写作上用功甚多,成绩斐然,他的文风也是独树一帜的。而且车前子不仅仅是一名散文家,他首先是一名诗人,同时还是一名才气逼人的书画家。这些给他的散文写作烘托出一个景深开阔的背景。我不懂画,所以这里不谈他的画;他的诗写起来有难度,读起来更有难度,这里我也不谈。如车前子所说,柿子捡软的捏,这里我只谈谈他的散文。但实际上他的散文并不"软",即使"软"也是绵里藏针,有时竟全是"干货"。他既然"干",我也就来点"硬",硬着头皮上。

对于车前子的写作,很多人都看到了他的诗歌与散文的差异性。比如丛小桦在评论车前子的诗歌时就说道:"我读过车前子众多散文随笔中不多的一些篇章,给我的印象是柔润细腻,亲切平和,一点也不为难我们的智力。而他的诗不同。我有时甚至纳闷:一个诗人、艺术家,在诗与散文里竟有如此大的差异。"① 从他的描述来看,车前子的诗歌和散文一个是完全敞开的,一个是深院紧闭的。似乎车前子的诗歌是为自己而写,散文是为他人而写。但是美国汉学家宇文所安认为:"从没有一首诗是只写给自己看的。所有的诗歌都为读者而作。"② 联想到车前子说的"一首诗像一个人,他也会蒙受不白之冤"③,实际上他的诗歌也是敞开的,只不过

---

① 丛小桦. 偏见。偏偏看见车前子[M]. 周国红,朱锦花. 苏州作家研究·车前子卷. 上海:复旦大学出版社,2008:107.
② [美]宇文所安. 什么是世界诗歌?[J]. 新共和国,1990(11).
③ 车前子. 目木楼创作谈[M]. 周国红,朱锦花. 苏州作家研究·车前子卷. 上海:复旦大学出版社,2008:21.

这扇门隐蔽得比较好不易被发现而已。论者还注意到车前子自己似乎对散文也不看重,最典型的证据就是他虚拟的年表中连死后还在继续写诗,但始终对散文不着一字。① 但是读者代替车前子对他的散文给予了敬意。文章的命运本就乖谬,古今中外,概莫如此。苏珊·桑塔格在《反对阐释》中把她的这些批评文章称为"从小说创作中漫溢出来而进入批评的那种能量,那种焦虑",但人们遗忘的恐怕正是她的小说家身份,而记住了她作为评论家的存在。周亮工在《赖古堂集》里说:"青藤自言书第一,画次;文第一,诗次,此欺人语耳。"车前子自己也说,一首诗像一个人,各有各的命运。作者创造了作品,却无法肯定或否定自己的作品。从另外一个角度说,散文几乎是车前子的衣食父母,是他作为一个作家保持自由写作权利的基础,而对于作为衣食父母的读者而言,像车前子这样的文人多半是不肯多加赞美的。实际上,读完车前子的几本散文集,我感觉他的散文与诗歌在很多时候是相通的,更准确的说法是,诗歌构成了车前子的精神底座,散文和书画则是它露出水面的部分。② 车前子曾就自己的画说道:"这两年我集中精力画了一阶段画,有人说是文人画。……私下里我觉得我的画是诗人画。"因为"文人画传达寻章摘句,诗人画表现奇思妙想"③。车前子的散文此前一直被人称为"文人散文",更准确的称呼应该是"诗人散文"。他的散文与诗歌有着几乎相同的底色,在傲慢与尊严中显现出江南风度和文化立场,他对文字的敏感,他的跳跃式想入非非的风格,在其散文和诗歌之中都有很好的体现。

一、傲慢与尊严

十年前我在编写《苏州作家研究·车前子卷》时,曾有苏州文学界的朋友善意提醒我要谨慎行事,其隐含的意思是车前子不是一个很好打交道的人。但接触了以后我觉得那位前辈可能是误解了。车前子待人很随和,

---

① 车前子. 车前子年表 [M]. 云头花朵. 北京:中国工人出版社,2003:291.
② 关于车前子诗歌对散文的影响,范培松在《江南斜姿散文》一文中曾经提及,参见:范培松. 中国散文史(下)[M]. 南京:江苏教育出版社,2008:834.
③ 车前子. 吐出一根线 [M]. 册页晚. 安徽大学出版社,2011:153—154.

虽然为了看清东西他经常把眼镜抬到额头上，但他的眼睛从来没有一起抬上去。不过车前子的文章中确实有一种傲慢的气质，这是文学的傲慢，作品的傲慢。这种傲慢造就了车前子散文的品质，它的本质是自我的尊严，是对文学品质的不肯低就。徐悲鸿认为"人不可有傲气，但不可无傲骨"，车前子就是无傲气但有傲骨。这种傲慢与魏晋名士的简傲不同，它没有等级观念，不虚浮，而是指向实实在在的写作与生存。

这种傲慢的表现之一就是对自我尊严的独立坚守。文学艺术，质言之，是一种人格。因此对于自我人格独立性的坚守成为优秀作家的底线。当年福克纳拒绝肯尼迪总统的宴请，这是对权力不失文人风度的适当回应。车前子说："要想成为一个艺术家，最需要的品质是孤芳自赏、孤陋寡闻和独立思考、独往独来。"① 则是对作家在诱惑充塞的现世安然自处的本能体悟。这二十多年来，车前子始终坚持以一名自由写作者的身份参与当代中国文学的建设，以写作赢得尊敬。以他的才华和资历，尤其是以他在苏州的影响力，欲谋一专业作家身份或一体制内稳定职位并不难，但是他选择主动偏离以一种独立性来保障写作的尊严。即使面对衣食父母读者时，他不掩饰自己的诚挚，但也不放弃宝贵的傲慢。他曾毫不客气地说，"我的散文是给五百年后的有教养的人看的"②，这是他对自我写作的内心确认。他对契诃夫"既傲慢又悲悯"式的新文风感佩不已③，同时又说："在中国，文风上具有傲慢色彩的作家我似乎还没有见到。是有些遗憾的。"④ 文学的傲慢，体现的是见识与才情，主动与读者拉开距离，让出雍容的精神空间，既给自己以写作的自由，又给读者以批评的自由。"书籍虽说是为读者写的，但它也在挑选读者。"⑤ 虽然在这样一个消费主义时代启蒙话语式微，但也因此更凸现出作家对独立性坚守的可贵。

作家的尊严在于作品，作品是作家最权威的发言人。二十多年来，车前子在散文写作上从未懈怠，始终以一个参与者的角色孜孜以求，乐在其

---

① 车前子. 西洋画本［M］. 云头花朵. 北京：中国工人出版社，2003：193.
② 车前子. 南京的天是蓝的［M］. 好花好天. 长沙：湖南文艺出版社，2006：10.
③ 车前子. 契诃夫是一种回忆［M］. 木末芙蓉花. 合肥：安徽教育出版社，2014：108.
④ 车前子. 契诃夫是一种回忆［M］. 木末芙蓉花. 合肥：安徽教育出版社，2014：109.
⑤ 车前子. 秋天的故事［M］. 江南话本. 广州：花城出版社，2003：187.

中。车前子的散文看似率性而为,其实很多是精心雕制的,虽自人工,宛若天开。他在艺术上追求一种独创性、唯一性,即使他的文章混在一堆作品中也会立刻被辨识出来。在《手艺的黄昏·序》中,车前子追溯了自己的散文写作源流,他把《庄子》看作远祖,把王羲之、韩愈和苏轼看作自己的"曾曾祖父辈",把明清归有光、陈继儒、沈复、袁枚等看作曾祖父一辈,而鲁迅、周作人、郁达夫等则是祖父辈,但是他自陈在文学创作上"我是个没有父亲的人,没有父亲,也就没有众多子女,即我的兄弟姐妹"。这番自述,可以看出车前子在散文写作上是"取法乎上",远追先贤,可谓目标高置,一骑绝尘。对于传统散文的气象万千、云蒸霞蔚,车前子心念神往,心慕手追。他曾说:"散文写作对我而言,是一次逆流而上的旅行。我希望这一生能见到明清的护城河、唐宋的湖泊、魏晋的泉水井水、秦汉的河流。我希望我这一生能见到先秦的大海。"他形容自己:"是个乐此不疲的学徒,延迟着满师的日期。"[1] 车前子不缺傲骨,但他更懂得适时地谦逊。但这个所谓的"学徒"生涯,毋宁说是他的自我修炼。他对当代散文写作现状有着清醒的认识:"不光是小说,我国的散文与诗歌也都成为一种简单的劳动了,千篇一律也就是当代文学的宿命。"[2] 而车前子明确给自己划出了"以模仿为耻"[3] 的界限。由此,他一方面自觉地在传统文化的大海中检验自己的水性,另一方面"推石上山",在散文写作上不断求新、求变。综观车前子散文,他的写作显示了一种自由开阔的精神境界,出入自由,纵横自如,他不仅写人、写物,写回忆、写情怀,他还虚拟、拼贴,他的散文与什克洛夫斯基的所谓"散文"的定义更相近,显示了高度的弹性和广阔的适应性。

与车前子交往过的人都会发现,只要他在场,讨论、聊天的中心不知不觉就会转移到他身上,众人的目光就会逐渐向他汇聚,就像生灵对光源的寻找与聚拢一样。他并不需要站在中心,只是他站立的地方就会变成中

---

[1] 车前子. 目木楼创作谈 [M]. 周国红,朱锦花. 苏州作家研究·车前子卷. 上海:复旦大学出版社,2008:28.

[2] 车前子. 亭 [M]. 茶饭思. 上海:上海远东出版社,2007:227.

[3] 车前子. 答牛津大学白雪问 [M]. 周国红,朱锦花. 苏州作家研究·车前子卷. 上海:复旦大学出版社,2008:64.

心。这是一种强大的磁石般的主体力量,既向外发出讯息又将周围的讯息在主体中溶解。与车前子接触过就会感觉到他的自我的强大,那是秋天平原上的大树,卓然而立。他对自己有一种自信,自以为是,自我生成,自我确证。"风雅就是闭门造车、不准确、割舍和丧失,风雅就是自以为是的美,在这一点上我想我也是风雅的。"① 这种自信更明确的表现,就是对于他曾经寓目的东西,凡是与文化艺术相关的,比如文学,比如古琴,比如画作,比如书法,比如盆景,比如园林,比如喝茶,比如戏剧……他都有自己独到的理解,都能够在自我之中找到溶解之酶,能够自圆其说。这是一种非常强大的溶解能力。我从我,万物皆有其面目,有其本来路径,但面目和路径都会因主体而改变,如科学所说:光线会在大质量体处弯曲。这弯曲就是巨大天体的世界观和艺术观。

二、古风鼓逸

车前子给人印象最深的还是传统江南才子的形象,这是他的个性与气质在空气中自然挥发的结果。如前所述,车前子的散文风格跨度很大,但大家记住的偏偏是那些表现江南风物和传统韵味的篇章。仔细探究,原因之一可能是读者不知不觉中把车前子当成了苏州这一典型传统文化集中地的代表,传统文化渊源久远而模糊,在此背景下,作为当代江南才子的车前子的形象则日渐清晰。更重要的原因,或许还在于车前子本人的气质与趣味与传统文化在深层次上的相通与契合。可以说,这种文化最中他的心意,最贴近他心底里隐秘的部分,在这种文化里他如鱼得水,如龙在天,志得意满,自由自在。

作为历史文化名城的苏州,几千年间沉淀下丰厚的历史传统,街巷里弄皆是文化,推门而入即成雅士,触目皆有故事,皆耐品咂,皆可吟咏。自小在这样的环境中生活、学习,传统文化已经化为一种风气,一种空气,入心入肺,入骨入血,它的影响无处不在。车前子坦承:"我受到的

---

① 车前子. 在古琴梦游 [M]. 好花好天. 长沙:湖南文艺出版社,2006:185.

全部滋养来自苏州。"① 文学艺术的沉淀，文人志士的佳话，江南风物的清畅，吴地山水的泽润，这一切都对他构成了一种精神性的吸引和召唤。在这样的环境中，他顺理成章地自小就学画、习字、读书，稍长制作盆景，学习手工艺，这些既为他此后在艺术上多面向的发展奠定了基础，又决定了他的文化性情与文化趣味。

车前子有一张照片，照片上的他穿着一身传统白色褂衣，光头，短髭，竟有仙风道骨之感。实际上已经有人指出了他在精神上与道家的相通之处。②"天气不错，我去逛北京胡同，心想以前的中国人穿着长衫，胡同里走，微风吹来，长衫下摆摆动，战争、内乱、贫穷，好像并不能使以前的中国丧失从容、精致和优雅。"③ 这种从容、消散与优雅是他的精神基调，他有时觉得自己是"活在当代的古人"④，这是精神上的恍惚和沉迷，庄生化蝶，他与古人，哪一个是哪一个，分也分不清："我写散文之际，大有幻觉：古人像荡在我身边，漾出粼粼波光。"⑤ 他不止希望与古人为伴，心曲相通，他希望自己直接就是古人："记得那天上午，校订完《老车·闲画》，觉得自己如果是个古人，多好。古人浩然之气充塞胸中，溢为诗，溢为文，溢为书，溢为画，何其轻松，仿佛顺手牵羊。"这样一种身份的位移与想象是谦逊的，也是幸福的。他"内心一个绿油油"的"传统之鬼"⑥ 搅得他遐想万千，意与古会，沉醉不起。这种氛围、意韵对车前子有一种特别的吸引力。古代文人与世界、生活的关系是一种审美的关系和修辞的关系，而并非以实用的眼光来看待，车前子深得其中三昧。一块从冷柜里拿出的糖让他忽然感觉"舌尖一片寒意，江天暮雨，衣衫与身子骨同单共薄的深秋游子走在半路，潇潇枫香树的叶子"⑦，一杯

---

① 车前子. 赔我一个苏州·后记［M］. 江南话本. 广州：花城出版社，2003：250.
② 李德武. 一种逍遥的诗歌［M］. 苏州当代诗歌欣赏. 长春：吉林人民出版社，2007：35.
③ 车前子. 金鱼与比目鱼［M］. 木末芙蓉花. 合肥：安徽教育出版社，2014：37.
④ 车前子. 亭［M］. 茶饭思. 上海：上海远东出版社，2007：226.
⑤ 车前子. 册页晚·序［M］. 合肥：安徽大学出版社，2011.
⑥ 车前子. 内心一个绿油油的鬼［M］. 江南话本. 广州：花城出版社，2003：198.
⑦ 车前子. 软糖［M］. 茶饭思. 上海：上海远东出版社，2007：173.

茶汤里他看出"这扁舟一叶出没风波,而舟上人须发逆风,秋江万里"①。这是生活艺术化的努力,要在这坚硬的现世中保存一丝文化的柔软。他的吃茶、看花、读书、写字、聊天乃至发呆,给人的感觉都是诗意的,富有审美趣味的。发而为文,自然精致、优雅,又绵长、醇厚,趣味弥于心田。因此,在他的许多散文中弥散着一种怀旧的气息,一种古色古香的味道,像老房子里的一件旧式家具。这是他着意追求的一种格调和趣味,他是对散文"文化做旧"的高手,其中自有情趣和见识在。他认为:"散文没有怀旧的氛围,就没劲。但怀旧不是回忆,也不是掉书袋……怀旧是文化立场,在现实之中无处置放的良知,好不容易找到貌似尘封的阁楼。"②在当代,怀旧是文化立场,也是文学品格,既是一种心灵的寻找,也是精神的栖息。

但是,车前子毕竟生活在当代,他眼前的月色与秋风也许没变,但找不到把酒送别的渡口。山河总是变易,姑苏已成苏州。车前子是清醒的,他师古而不泥古,他对苏州爱之深同时又恨之切。从感情来说,他对传统的苏州有一种天然的喜爱与亲近,但现代理性又常常提醒着苏州的不足与危险,这里面有一种撕扯与挣扎,情味只能独自品咂。他说:"苏州是一个梦,早做破了。又破又烂。"③在苏州古城的青石板路上行走了几十年后,他在"一个月明的晚上"毅然北上,从此"把苏州之外的一切地方都看作了故乡"④。从此他也开始以一个陌生的眼光来审视苏州,审视以苏州为代表的传统文化。这是车前子的可贵之处,仿佛百年前的鲁迅一样,本身既从这一文化中受益良多,又能毅然从中跳出来,自我放逐,进行严厉的审视,体现了一个现代知识分子难得的批判精神,这种批判几乎是针对自己的批判,是自我革命。首先他发现的是苏州传统文化的"浇薄":这是一种"薄如蝉翼的文化"⑤,"无论是词,还是物,都有点软,

---

① 车前子. 茶渍记[M]. 茶饭思. 上海:上海远东出版社,2007:27.
② 车前子. 目木楼创作谈[M]. 周国红,朱锦花. 苏州作家研究·车前子卷. 上海:复旦大学出版社,2008:18.
③ 车前子. 内心一个绿油油的鬼[M]. 江南话本. 广州:花城出版社,2003:201.
④ 车前子. 明月前身[M]. 明月前身. 北京:作家出版社,1998:6.
⑤ 车前子. 明月前身[M]. 明月前身. 北京:作家出版社,1998:2.

有点粉。……软和粉,其实也不错。只是江南的软和粉,有点软有点粉,还到不了极致。就不好玩了。软但不是水性,粉但不是铅华,小家子气,风土人情都缺乏大手笔"①。一句话,缺乏厚重和坚硬,缺少震撼人心的力量。从另一个角度说也就是轻,这不是"生命中不能承受之轻",而是抛弃责任、卸下承担的轻,轻飘飘的轻。"我对吴文化素无研究,凭空想来,实在是为它巨大的消费性享乐性渗透性所骇怕。……引申到所谓的苏州文坛上,就是玩主太多了,逍遥的人太多,投入的太少,轧闹猛的太多,以身殉道的太少!"② 这种文化精致、细腻、粉软,而人却异常聪明,低调,自保,各自躲在终年不见阳光的老宅里,把古书一遍遍读下去。即使是历史上那些让苏州人引以为豪的怪才,比如唐伯虎,比如金圣叹,也"是畸形的怪才,像书法里的偏锋","痛苦在他们身上,最后总会吵闹成一出喜剧。起码被人当喜剧看了"③。而留下的则只有悲剧,只有叹息。自幼在苏州传统文化的糖窖里长大的车前子,虽然他选择了精神上的逃离,以冀用北方的硬朗、直接的大风将自己从苏式的糖窖里拯救出来,但是苏州文化的血脉和基因他无法弃绝,而且在无意识中他对这文化母体还有一种天然的亲近感。即使对金圣叹、唐伯虎等那些被他称为"畸形的怪才",他在批判之时也是饱含同情与痛惜的。

三、想入非非

车前子曾说:"诗歌在我看来,是一个奇谈怪论、想入非非、不得而知的——一个乐园。"④ 在车前子的散文中,也可以感受到这份"乐园"的景致,随手拈来,拿得起,放得下,既有上天入地的"想入非非",也有谋篇布局的苦心经营,是人工与天造的良好结合。对于文章的写法,车前子有自己的看法,那就是不仅要有味道、有境界,还要好玩、有趣,出

---

① 车前子. 赔我一个苏州·后记 [M]. 江南话本. 广州:花城出版社,2003:308.
② 车前子. 吴文化·迷宫 [M]. 明月前身. 北京:作家出版社,1998:225—226.
③ 车前子. 明月前身 [M]. 明月前身. 北京:作家出版社,1998:3.
④ 车前子. 读《史蒂文斯诗集》的若干条札记 [M]. 木末芙蓉花. 合肥:安徽教育出版社,2014:66.

其不意，表现出来就是"想入非非"，拐弯抹角，旁逸斜出。"杰出的艺术家偏见附体；艺术，偏见之定格。'充满正确的时代'，唯偏见美丽。我们要爱护它。爱护偏见，就是爱护创造力——不无危险。"① 在辩证法深入骨髓、讲究稳重端正的中国文化中，这一观点很值得注意，尊重"偏见"，艺术才不会被"骂杀"与"捧杀"。艺术往往是极端的、绝对的，攻其一点，不及其余，把它推到极致，才有打开艺术新路径和面向的可能。四平八稳、庄严端正那是孔孟，不是李杜。推而广之，车前子发展出对于艺术的独到理解："对于艺术家而言，身上的缺点不是要急于改掉，而是要开发，看看能不能做到极致，也是以人工来印证天赋的有无。身上的缺点，是艺术家形成自己创作个性的要点，或出发点，到了极致，就是不能被其他艺术家所替代的形式色彩。"② 艺术的秘密辩证法被他一举点破，所谓不破不立，有破有立，缺点它为艺术家提供了再出发的基础，它是艺术个性的一部分，甚至是核心的部分，构成了艺术家的识别码和防伪码。

　　这种观念表现在创作上，使车前子的散文显出一种灵气与精怪，它是点石成金的。作为一名诗人，尤其是作为一名《原样》"语言"诗人，他对文字有一种超常的直觉与敏感，自觉抑或非自觉地，这种直觉与敏感都会浮出散文写作的水面，使他常常获得了一种即兴书写的能力。"汉语之美——永远是第一位的！"③ 一个字或一个词的出现，触发了他的语言直觉，条件反射般打开了他的记忆仓库和语言链条，使文章满纸生机，活蹦乱跳。比如他在一篇序言中写道："荆歌客气，让我为他多年创作的诗歌小集作一序，我不客气地答应了。想想当时，真有一种当仁不让的意思。后来，通读校对稿三遍，我竟难以下笔。荆歌的诗歌作品像条活鱼，我明明觉得抓住在手，却又滑脱了。这说明他在整体风格的齐正上还具有变化能力。现在想想，荆歌真是不客气，给我出了个难题。而我则太客气了。这样想了之后，我觉得又有理由不客气了，我决定把荆歌的诗歌作品这条

---

　　① 车前子. 巫娜的选本［M］. 册页晚. 合肥：安徽大学出版社，2011：156.
　　② 车前子. 寿桃，咸鸭蛋与童谣［M］. 云头花朵. 北京：中国工人出版社，2003：181.
　　③ 车前子. 乐观与警惕［M］. 周国红，朱锦花. 苏州作家研究·车前子卷. 上海：复旦大学出版社，2008：67.

活鱼杀死,做成一条咸鱼,以便我食用方便。"① 在这段话中,"客气"这条"活鱼"不仅被他"杀死",而且是一鱼多吃,一词多义,通过一翻颠倒、翻转,在几乎把词语蓄积的内涵榨干之后,又使它"复活",并且生气四溢,意趣盎然,让人解颐一笑。"偶然——即兴:使我们在笔直的系统中常常获取了拐弯的能力。"② 即兴写作是对意象与情思的瞬间捕捉,即意外,即惊喜,这是文字的园林,开门即景,又曲径通幽,他在文章中总不忘带给我们惊喜之感。把这些"拐弯"和"曲径"通过想象力联结起来,就是拙政园的长廊,狮子林的假山,姑苏城的巷子……一眼望不到头。"酱当然好吃,久闻酱味,却也难过。我小时候经过这一户人家,常常用手紧捂鼻子,现在则大戴口罩。我小时候见得到老鹰天空中巡视,云朵不知道从哪里来的,兜售着桃花毯。有弹棉花人,在小巷口,他像骑在弓上的一支皱巴巴的箭。或者骑在马上,马蹄冒起白花花泡沫,淹没猫的波斯眼睛。"③ 车前子是优秀的思维运动员,他在思维的赛道上快速前进、逆行、斜穿、腾飞,上天入地,穿梭自如。他还是一个杂家,知识博杂,于是这想象更加逢物必粘,连绵不绝,九曲十八弯,展现出别样的风景。

　　车前子不仅擅长即兴写作,他也是一位谋篇布局的高手,他非常重视对文章写法的经营。关于写作,车前子有一句经验之谈:"写文章不怕不通,只怕规矩,一规矩,就一个字'死'。出其不意者生,循规蹈矩者死。"④ 这是车前子从自己的写作经验中悟出的第一条"真理",是总纲。"出其不意"也就是"拐弯",也就是"偏见",也就是"想入非非",这是车前子的作文法。以他的文章来说,风格上,《追忆逝水年华》古意蕴藉,《明月前身》快意激越,《走马灯之下》密集进射,《水落石出》烟火全无;从笔法上说,《2000年故乡夏天》是纯意识流淌,《古老花园》以小说手法写散文,《恋爱中的女子》则是五彩斑斓的拼贴画。每一篇都有不同的写法,不同的风格,显示出不断寻找突破与超越的艺术自觉。车前

---

① 车前子. 数声风笛离亭晚——为荆歌诗集《风笛》所作之序[M]. 明月前身. 北京:作家出版社,1998:179.
② 车前子. 自画像的片断与拼贴[M]. 明月前身. 北京:作家出版社,1998:176.
③ 车前子. 两个梦游[M]. 木末芙蓉花. 合肥:安徽教育出版社,2014:204—205.
④ 车前子. 梧叶舞秋风[M]. 册页晚. 合肥:安徽大学出版社,2011:18.

子对"废话"情有独钟:"废话常常是一札简函中最为精彩的部分……一个人文章写到结尾,能发现只是些废话,这就有了大解脱。所谓妙文,无非是写出些有风致的废话而已。"① 中国文章自古讲究含蓄、韵味,要拐弯抹角、旁敲侧击、含沙射影,那才有趣,所以他在文章中写着写着会笔锋一转,把笔荡开,他不会让读者一下就到达目的地,而是让读者在多次的接近与远离中逐渐完成自己对文章旨意的想象与拼贴。"果肉是这么地小,壳却如此之大。有意思吧。"② 带壳的"果肉"虽然小,当初它被一层层精心包裹起来,又被读者好奇地一层层打开,那才够味。对于语言,车前子不仅追求有趣,他还追求一种科学般的准确。他曾经在一篇文章中对美国小说家雷蒙德·卡佛语言的准确表达了敬仰之情:"昨晚切开的洋葱至今还搁在砧板上,卡佛能精确地陈述出洋葱的气味,还是搁了一夜后的洋葱的气味。"③ 实际上,他在表达敬仰的过程中也展现了自己的准确:"雷蒙德·卡佛的短篇小说里,有一种腼腆。腼腆的气息忽浓忽淡,像旧家具裂缝中的尘埃,已与木质浑然一体。"④ 这种准确,是经验的集中释放,是语言与想象、感觉与趣味的高度统一,最终呈现的是审美精神的诗意传达。

把傲慢融入作品,于是文章超拔尘世之上。以"偏见"打量人世,方能演绎内心的摇曳多姿。一枝从姑苏"墨水瓶"中突围而出的"铅笔",接引源源活水,从天上人间奔骤而来,流淌出车前子笔下前世的江南,过往的云烟,童年的回忆和心底的波澜,而我们且随车前子读诗,讲古,听琴,饮茶,品酒,一抬头间,正是:

目木楼头明月前身偏看见,双城记里云头花朵茶饭思。

---

① 车前子. 剥壳非为啖肉(说书信)[M]. 明月前身. 北京:作家出版社,1998:55—56.
② 车前子. 剥壳非为啖肉(说书信)[M]. 明月前身. 北京:作家出版社,1998:55—56.
③ 车前子. 不耐心的钟表,腼腆的下午[M]. 木末芙蓉花. 合肥:安徽教育出版社,2014:78.
④ 车前子. 不耐心的钟表,腼腆的下午[M]. 木末芙蓉花. 合肥:安徽教育出版社,2014:74.

人生何处不相逢

——读《陌生的朋友:依兰·斯塔文斯与小海的对话》随感

参加完《陌生的朋友:依兰·斯塔文斯与小海的对话》的新书首发式后,回到家,我一个人在灯下又翻开了这本书。我的阅读经验很有限,此前对依兰·斯塔文斯这位美国作家可以说是一无所知,而小海则是我尊敬且比较熟悉的诗人。我比较感兴趣的是书中关于中西方文学交流方面的内容,主要有两章,一是第一章"诗歌与全球化",二是第四章"东方与西方"。两人从诗歌的现实处境谈到全球化,谈到中西交流的历史和现状,考虑到这本书本身的特殊性,它是中西方作家的对话,他俩仿佛是站在河流中追寻逝水,这个话题是很有意思的。

听小海说,2002年他和一位匈牙利作家拉思罗·克拉斯诺霍尔卡伊也有过对话,而拉思罗和他第一次见面时,跟他说的第一句就是:"你知道李白吗?"他是如何回答拉思罗的我并不知道,不过我猜当时他肯定被问得一愣,就连我刚满六岁的女儿都会背好几首李白的诗呢。后来他才知道,拉思罗到中国后,见人就问:"你知道李白吗?"要不是因为李白名声太响,人家都要以为他是在寻找失踪多年的孩子呢!与此同时,我在想如果一个中国人一遍遍地问美国人:"你知道庞德吗?"会是什么样的结果。对于拉思罗来说,李白是一个路标,是领着他来到中国并进行文化漫游的领路人,是维吉尔。对于被问的中国人来说,却显得尴尬而乖谬,而且你还搞不清这是他的责任还是自己的责任。

这尴尬的一问让我想起了马可·波罗。他初到中国时,触目所及都让他感到无比的惊奇与震撼,他甚至饶有兴致地用专门的章节谈论用来生火的"黑石"，我猜想他当时肯定也是这样逢人就问吧。值得注意的是，《马可·波罗游记》当时还有一个名称——《对世界的描绘》。而从十三世纪到二十一世纪这漫长的几百年中，中西方对"世界"图景的想象已经完全颠倒。斯塔文斯和拉思罗都并非二十一世纪的马可·波罗。

　　其实这正是中西文学交流的一个隐喻。斯塔文斯教授为这本谈话录曾经给出了四个书名，分别是《世界的一半》《陌生的朋友》《东方与西方》《镜子的另一半》，最后他选择的是《陌生的朋友》。如果要我选，我觉得《镜子的另一半》可能更加合适。因为两人文化背景、生活经历、个体性格等方面存在巨大差异，如小海所说："身处东西方的两位对话者除了彼此惺惺相惜的一些共同点外，他们关于这个共同的世界却有许多不同而有趣的独特视角。"① 而长期以来被遮蔽、处在阴影之下的中国文化，它仿佛是一个"镜像"，它不断接受西方"主机"的反光。也可以说，小海与斯塔文斯看见的分别只是"镜子"里的彼此，想象中的"另一半"，所以才有了对于彼此文化的错误想象。而斯塔文斯则为此做出辩解："但事实上，我们对其他文化的解释总是错误的，不是吗？归根结底，一切阐释都是个人的、主观的。"② 他把它称作"一种美好的曲解"。但是问题在于这面"镜子"并非对称的平面镜，而是一只单向的、对准西方的放大镜（小海在对话中把它称为"哈哈镜"）。从近代以来，面对西方巨大的文化雕像，中国文化一直处在其阴影的遮蔽之下，面目不清。正如书中所指出的，在1900—2000年这一百年间，中国翻译了的西方作品达100 680多册，而同期西方翻译的中国作品仅有800多册。这个巨大的差异和对比使得所谓的文化全球化越来越像一个离心球，它越转越快却越发偏向了一边。有朋友指出，这本对话录看起来更像一本学术著作，它太正式，没有完全体现出个人风格。这也许是中西文学交流现状的一个顺理成章的结果，目前来说我们所能做的只是在对方的歪曲想象中自说自话，自怨自艾。

---

　　① ［美］依兰·斯塔文斯，小海. 陌生的朋友［M］. 周春霞，译. 太原：北岳文艺出版社，2014：3.
　　② ［美］依兰·斯塔文斯，小海. 陌生的朋友［M］. 周春霞，译. 太原：北岳文艺出版社，2014：59—60.

然而作家间彼此心灵上的契合却又是非常神奇的事情，它超越千山万水，甚至超越历史烟云。比如王小波倾心的是遥远的卡尔维诺，庞德则从一千多年前李白的诗作中寻找灵感，小海这样写他对胡安·鲁尔福的激赏："读了他的小说让我感觉，他是我们村里的老乡，是我们自己的作家，他小说中的人和事好像就发生在身边。让身处千万里之外异域的我产生如此的亲切感和信赖感，真是奇妙无比的阅读体验。"[1] 而斯塔文斯则为小海对拉美文学的如数家珍所感动、激动，他表示会为中西文学交流"这一不平衡的现象尽到绵薄之力"。所以，对于中西文学交流的未来我们也许不必过于悲观。他们谈到了那么多的中西文学交流中的不平衡，但他俩对话本身、这本书的出版已经在为修正这种不平衡做出努力。不管怎么说，在全球化的今天，文学与文学的相遇、交流与碰撞已成常态，一句"你知道李白吗？"就让相隔千里的中西方两位作家开启了一场深入而坦诚的交流，正应了那句俗语，人生何处不相逢！

未来或正可期。

---

[1] ［美］依兰·斯塔文斯，小海. 陌生的朋友［M］. 周春霞，译. 太原：北岳文艺出版社，2014：68.

现代"离魂记"

——读葛芳短篇小说集《六如偈》

唐传奇中有一篇《离魂记》，说的是有一个叫王宙的书生寄住在姑姑家里，慢慢地，表妹倩娘爱上了表兄，而姑父也常说要把倩娘许配给王宙。但后来姑父却让她嫁给同僚的儿子，于是王宙愤而离开，连夜乘船就走。倩娘趁父母不注意，也奔他而去。一对有情人生活在一起，养儿育女。五年后，倩娘想念自己的爹娘，要回去看看。船到了当初他们私奔的渡口，王宙先上岸去通报老丈人。王宙和老丈人说起二人私奔的往事，老丈人根本不相信，说倩娘就在家里，只是在他走后一直生病在床。听王宙再三说道，于是派人去船上一看，船中的女子果然长得和倩娘一般无二，正朝娘家走来。此时，家中的倩娘也忽然好起来了，梳洗已毕，出门相迎：离魂与肉体遂复归一体。倩娘因爱而出奔，追随爱情而去，留在家里的只不过是一个傀儡而已。爱是她生活的中心。近读葛芳短篇小说集《六如偈》，里面写到的那些女子又何尝不是如此，她们身份不同，贫富有别，但对于爱的渴望是高度统一的。一篇篇曲折、热烈的爱情故事，就是一个个现代的"离魂记"。

一

爱是作为人的属性之一，爱与人是同构的，肉体与精神，性爱与爱情，都是一体两面。不管是爱与被爱，它都是生活的显影剂。无爱的人生是无法想象的，对于作为美与爱的象征的女性来说，尤其如此。小说集

《六如偈》共七篇，其中五篇主要写女性对爱的寻找和迷惘，不管是下岗工人、公司高管还是现代白领、文化名伶，她们对爱情的渴望如出一辙，而且她们都是大胆行动派，这正应了雨果的那句名言：爱就是行动。其中第一篇《猜猜我是谁》很有象征意义：一个叫宋云的女性在中年之"痒"、日常之累中对真正的爱情有着急切的渴盼，却求不可得。一地鸡毛的日常生活使她想往爱里逃，想在爱情里获得一些喘息的机会。但是问题是，她对爱的寻求的过程，其实是一个不断迷失自我的过程。所以有人打电话给她："猜猜我是谁？"这个标题大有深意，在我看来这个电话不是来自别人，而正是来自宋云的另一个自己，是源于其自我迷失的潜意识的惊觉。宋云的问题在于没想清自己是谁，自己到底要什么，内心的迷雾让她不知所措。她因为前夫出轨而和他离婚，但自己却又迷失在情欲里。与鲁迅在《娜拉出走之后》中着重表达的对女性生存困境的思考不同，这五位女性除了郁湖珍是下岗女工外，其他几位至少是生活无虞，她们的困惑不是来自生存本身，而是来自庸常的现代生活日复一日所具有的那种乏味和腐烂的性质。《猜猜我是谁》中有一段描写："她瞥了一眼她刚扔掉的垃圾袋，那里狼藉一片，牙膏皮、烟盒、西红柿、破报纸全都烂糟糟的，十分恶心地暴露开来。谁去捣鼓过了？是哪个恶俗的人？他将她变形的乳罩高高挑起，恰巧挂在树枝上，晃荡着。"这被暴露在眼前的生活有一种腐烂、恶心的气息，让人逃离。而其核心则是代表着心灵鲜活的爱的跳动，这心灵的必需品，她们却是匮乏的。她们没有找到属于自己的爱情，即使身处家庭之中，也徒有婚姻的外壳，而内里已经变质。所以，她们要逃离，从乏味、腐烂的生活逃向爱情，逃向内心的热切。《杂花生树》中的陈欢感觉"丈夫是陌生人。他躺在她身旁，形同虚设。如同房间里任何一样器物，摆放在原地积灰、破损。"人的器物化，根本上是心灵的破碎。而《听尺八去》中的宁晴，虽然身为公司高管，生活优渥，但心灵上的平静却殊难获得。她在对冯雪峰爱之不得、恨之不能的情感纠缠中，慢慢获得心灵上的成长。

这种逃离，从另一个角度来看也就是寻找，寻找新的精神生活，寻找新的灵魂栖息地。《杂花生树》中的陈欢出于对堕入鱼肉生活中的丈夫的不满，带着一本《安娜·卡列尼娜》专门乘火车去找自己的老情人孙昊。在火车上，却忽然被一股莫名的激情所挟裹着与见面不久的陌生男子搂抱在一起，而后又猛然醒来，匆忙下了火车离开了新情人也忘记了老情人，"冒着纷纷扬扬的雪前进"。这个如同安娜一般的女子，被一种盲目的内心迷思推动着，身体里有股自毁自证般的力量，强烈地驱遣着她。她这一趟寻找爱情之旅，看似有着与爱情不期而遇的惊喜，却在幡然醒悟后又有一种怅然若失的迷惘。她逃脱了家庭的牢笼，为爱奔走而来，但在长长的旅途上经历了那些猝然闯入的人和事，她始终没明白什么是爱，她仍然只有自己，仍然只有一颗"更加战栗"的心，"在发烫的皮肤下跳动得几乎要穿墙而出"的心，她用双手捧着，迎着那纷纷扬扬的大雪。爱是必需的，所以这些女性都在努力寻求它，但爱又是奢侈的，因为它并不易得。

按照萨特的观点，我们是被偶然抛到这个世界上的。"作为生命为了完成自己，则要求必须有爱。"① 爱情作为生命最重要的原体验之一，它构成生存最基本的要义。当然，对于小说中的这些女性来说，爱并非纯粹的肉欲的渴望，更是精神上的呼吁，是人对生命内在幸福的追求。所以瓦西列夫说："爱情的实质是精神的自由振奋，是主体的自我实现。"② 她们在所爱者身上看到了另一重自我，看到了自我的投射。所以寻找爱，也就是她们寻找自我、确证自我的一种方式。即使是在火车上的一次偶遇，宋云也感觉："在黑夜里他们像一对溺水的人儿，互相又充当了对方的浮板，内心充满了欣喜与激狂。"这些女性大多在婚姻之中，她们寻求的婚外之爱，在常人看来无疑具有飞蛾扑火般的决绝和无畏，她们不顾一切地投入这心灵翻滚的波涛之中，希冀从中觅得生命的大欢喜。通过爱的给予和对爱的寻求，她们才能确认自己是在活着，是在过一种有价值的生活。从这个意义上来说，爱是一种提示和救赎。两性关系如同一面镜子，从这面镜子中，女性可以看见自己的面容，生存的意义。

---

① [日] 今道友信. 关于爱 [M]. 徐培，王洪波，译. 北京：北京三联书店出版社，1987：36.
② [苏] 瓦西列夫. 情爱论 [M]. 赵永穆，范国思，陈行慧，译. 北京：北京三联书店出版社，1987：168.

二

沈从文先生曾经写道："某月某日，见一大胖女人从桥上过，心中十分难过。"这是一种对生命和人性之美的态度。爱是肉体与精神的欣悦，是自我的自由和解放状态。在此状态下，爱唤醒了身体，身体透过直觉开始在空气中微微呢喃。这是一种健康的肉欲的气息，有一种血液的加速流动和亢奋。在此刻，女人没有理由不喜欢自己，没有理由不欣赏自己的身体——她们开始在自己的身体上苏醒，感觉到那亘古的温热的河流在身体里穿行，它带来了情感的汛期和肉体的浪涛，而自我则在这流水之中洗涤干净，让身体从河水中越来越显露出来。小说中的几位女性没有将自己的身体和性欲视为罪恶，相反她们欣赏自己的身体，希望经由它打开被箍紧的生活的缺口，导向真正的幸福和快乐。长期处在压抑之中的下岗女工郁湖珍，一次不期而遇的广场舞让她像一朵花儿一般打开了自己。"她温暖的身体恰如散发着热气的馒头"，这慢慢升腾的"热气"在战栗，在飞升。"他摸了她的乳房。她像女孩一样羞涩地笑了，牙齿露了半截。"（《天色青青》）这一细节描写是意味深长的，"像女孩一样羞涩地笑了"既是一种对爱的敞开，同时也将性的快乐导向了精神的愉悦。"羞怯唤醒两性关系中的精神因素，从而减弱了纯粹的生理作用。"[①] 她明白自己性别的力量，也欣喜于这种力量，但她并不想滥用这种力量。这里显现出一种明确的性别意识，而身体正是女性区别于男性最基本、最重要的方面。另外，小说中这些女性虽然身份不同，但都可亲可爱，流淌着一种女性之美，这种美如同一种照耀，使小说笼罩着一种光辉。比如《猜猜我是谁》中宋云第一次看见卖馄饨的小夫妻时，"宋云立定了，仔仔细细打量起这个女孩：薄嘴唇，桃花眼，皮肤像刚才汤碗里漂浮着的葱花，荡漾着柔嫩诱人的气息"。所谓青葱岁月，春风骀荡，庶几近之。而写女性之美最典型的还是《六如偈》这篇小说，里面有中年的桂月，"水盈盈的眼睛，顾

---

① ［苏］瓦西列夫. 情爱论［M］. 赵永穆，范国思，陈行慧，译. 北京：北京三联书店出版社，1984：151.

盼中流着风情",有年轻的小隐,"小隐喜欢访仙求道,尤其喜欢结之为圣、散之成仙的气韵,这种脾性烂漫、天真,又不染尘埃宿气""如皎月、如白露、如幽兰、如青玉"。可以发现,这里对女性的书写既是肉体方面的,也是精神方面的,是一种综合性的立体呈现。这既是对女性之美的赞歌,也让读者收获一种精神上的愉悦和快乐。而与此相对照,则是《猜猜我是谁》中对丑陋肉体的贬斥:"宋云看着他(丈夫王大军——引者注)脸颊旁涌起了两坨肉,像是傍晚院子里见着邻居牵着的一条哈巴狗,鸡皮疙瘩浑身起了一层。她忽然噼里啪啦将碗筷往池子里一塞。"一种对生命堕落、腐烂的恐惧和厌弃突然发作,由此引发了精神上的不适感,它与爱、与美是对立的,必须从精神世界里清除。而《六如偈》里的"汪道士剔牙,牙齿黄渍渍,一看就是老烟枪",他生命的最后"像抹布一样飞了出来",这是作者的一记精神的裁定和美学的判决。

《杂花生树》中有一段文字:"很多个夜晚,她会独自抚摸着自己乳房、肚脐、心脏、子宫,她小心翼翼地揉搓、按摩。这是她一个人的东西,它们属于她,她随意摆布。她高举着手指,像个女王,容光焕发,要风得风,要雨得雨,都能在一念之间实现。"这里最为典型地体现了一种性别意识,不仅仅是对自己身体的占有,还有享用、处置,这是自己对自己的拥戴。不过值得注意的是,这种性别意识并没有引发两性之间的紧张与冲突,它只是女性对肉体和精神双重自我的一种自觉,它带来的是和谐,是二者的携手并进,如同《天色青青》中所说:"他让她真正像只天鹅,'扑棱棱'在春天快要消融的冰面上一下子飞向了万里晴空。"情感和身体的双重满足,使郁湖珍简直身轻如燕,可以乘风起飞。

三

为了将这些爱情故事摆放在一个合适的地点,葛芳在她的这些小说中撒上了浓浓的江南味道。尤其是在《六如偈》和《听尺八去》这两篇小说中,表现得尤为明显,不仅让读者跟随女主人公一起哭和笑,还让读者品味江南,使小说如吴地的黄酒一般醇厚。

左手的修辞

首先是外层的风物。比如《听尺八去》开头一句写道："宁晴踏进隐谷寺大殿时，发现青花布鞋的脚尖已经湿了。"这一句，给整篇小说罩上了一层娴静、润泽的气息，"青花布鞋"代表了女主人公的美丽和优雅，而"脚尖已经湿了"则将一种湿漉漉的水汽之感弥散开来，连读者也一起浸润其中。写宁晴第一次进入照明道馆："一脚踏进去，真是别样的世界。黄花梨几案上摆着一只两尺高青天细瓷胆瓶，瓶里插着一大捧干枯了的芦花。一股檀香幽幽地从里间潜出。绕过玄关，进大厅，宁晴也算是开了眼界，一面墙上挂着三只古琴，暗紫色流苏垂下来别有情韵。左半边置着一堂紫檀硬木桌椅。落地窗挂上了竹帘，地面铺了竹席，还放了竹垫。"这些精致、文雅的书房摆设，浸透着主人的美学精神，与丝丝缕缕的主体气息相砥砺，散发出浓浓的艺术和文化气息。小说中的那些人在此读书、抚琴、品茶、论道，总有幽幽的雅趣在里面。而在外面，是细细的花窗，玲珑的太湖石，宽大的芭蕉，清心自在，怡然自得。这如同一座江南园林，它既是生活的，也是艺术的，是生活的艺术化。而这样的日子无疑总是在春天，在《六如偈》中春天的江南"春深似海。暖风。春水。酣梦。还有一蓬又一蓬的绿，摇摇曳曳的，迷了人的眼"，"迎春花东一挂西一挂开得十分招摇。天空淡蓝淡蓝的，淡得像水。更有两只鹤腾云驾雾，飞到三茅峰上，一边飞一边互相戏弄"。风日和丽，草树情深，人间喜悦。有一种生气，一种被江南浸润的快乐与喜悦在潜滋暗长。

而更吸引人的，当然是文化之美。评弹，昆曲，旗袍，美女，古琴，尺八……这些江南的典型美学符号，它们相生相融，相亲相爱，融合无间，天生就是一体的，流泻出浓浓的江南文化之味。青山隐隐，绿水迢迢，多情女子与性情男人，氤氲着一幅美妙的图画。葛芳将它们妥帖地布置在文本里，它们既是物，也是人，是文本中沉默的第三者，它无言却强大，它隐身却又无处不在。比如《听尺八去》中宁晴第一次听到尺八的声音时，"只觉自己在空寂的山谷，簌簌衣巾上落了一身的野花"。空落和寂寞，瞬间被尺八从她的身体里抽出，具象化在眼前，而人与尺八瞬间凝合在一起，结成一个完整的晶体。尤其是小说《六如偈》中司文育父子与陈家洛、小隐四人划船的一节，笔墨尤其精彩，读之真有羽化登仙之感：

"四人坐在船舱里,看见露水在远处的草上蒙蒙的白,时间,新鲜得像一根青草。司文育划桨,司斌和陈家洛撒网捕鱼,小隐弹古琴。仿佛到了世外仙境,青山,碧水,还有袅袅琴音,淡远而空阔。"每次读到这一段,都让我想起苏东坡的《赤壁赋》。东坡写的是月夜,而这里写的是早晨,是明暗交替之际。但至少有一点它们是相同的,那就是在那一刻,主人公都超越了时间,脱离了空间,在时间之上,在八荒之上,他们身处世间却又脱离人世,忘记了一切自我和欲望的烦恼;那一刻,是一个绝对化的时间,他们的内心异样的完满而自足,一种异样的东西充盈在他们的心里,如同春水上涨,就要冲破不由自主想要发声的喉咙。

一壶往事胸中浮

——序蔡猜散文集《安静地行走》

二十多年前，读余光中、董桥等人的诗文，年轻的心虽亦时时为海峡间的乡愁波纹所搅动，而暗地里总不时生起做作之讥。而人到中年，近读蔡猜的散文，听她回忆童年往事，追忆浮世前生，竟每每随之自失，对她明说暗指氤氲缠绕的乡愁，惘惘然竟也感同身受。可见，乡愁的生根发芽不仅需要一再拉长的空间的悬置，亦喜回忆夕光的返照，在时空母体双手的一再揉搓之下，那一颗徜徉又敏感多思的心，才变得熨帖、自安，和融一色。

蔡猜是土生土长的苏州人，她也从未长期寄居外地，所谓的乡愁似乎没有来由。但是她写过去的苏州，写童年的街巷、山林，写往日种种的人情物理，一笔一笔皆是回忆，皆是情思。我想，如果可能，她宁愿生活在明代的苏州，在唐祝文徐墨迹未干之前就可以一览胸中丘壑。最不济，也要生活在沈三白的清代，古风犹存，可以细细品咂布衣素食的至理纯味。所以她的病，说到底，是一种文化乡愁，是从一日三餐抽身而出之后，内心不知如何安放的惶惑感，是细碎的日子在时光之水里沉淀又沉淀之后，酿出的浓浓的醇香。文章是旧时的好，回忆是梦里的真。在这个时代，没有点儿怀旧精神，好像就写不好文章了。所以，蔡猜喜欢回忆快乐的童年时光，想念过去的点点滴滴。她时时想起儿时走过天平山上的古御道时的情景，而"如今，在这片土地上行走着时，我总是带着一种无法抑制的满足感"(《古御道上的童年时光》)。那些人与事隔着久远的时光在水里一漾一漾的，泛起的圈圈波纹，就走过了十年二十年的光阴。她甚至迷恋起了过去的耕作岁月，"我不晓得为什么，自己一踏上这片宽敞的土地，就要想起耕种，想起那些艰苦的岁月。我是那么迷恋过去，甚至很多时间都把当下给忘记了"（《那些没有雾霾的情境》）。说起耕种，她的印象也尤为深刻："那时，我们还要种水稻，种油菜花，种小麦。我结婚怀孕后，因为妊娠反应，便在家中待产。每天，等丈夫回家，便陪我去田间散步。从村口走到典桥，一路上全是水稻，夕阳下的水稻田，非常美好。有风的日子，可以恍惚看见海浪一样的波纹。从青绿走到金黄，我把那一季的稻田，全部收录进我的记忆。"（《看夕阳》）从她的记忆深海里泛起的农耕画面简直是如诗如画，仿佛是最后的人间净土。但是我们可不能被她骗了。我打小就跟着父母埋头弯腰躬耕于田间地头，我深深记得，农家的劳作绝不是这样诗意，相反它意味着烈日当空时遍身不断涌出与稻粒一样饱满、金黄而又擦都来不及擦的滚烫汗水，意味着腹中空空两股战战时肩上越来越重的千钧重担，意味着夏夜繁重的劳作间隙只能倒在濡湿的田埂杂草上伴着虫子和蛙声睡去……然而，蔡猜给它的命名是"美好"，她打捞上来呈现给我们的全是闪亮的珍珠。这真是化腐朽为神奇的功夫。说到底，每个人的回忆往往都是一厢情愿的，在这念念不忘中，有种自甘沉沦、不依不饶的意思。对此，略萨说得很对："文学是对生活的一种虚假的再现，却能帮助我们更好地理解生活。"[1] 所以，无论过去如何艰苦，经历多少磨难，当它在回忆里、在文字中现身时它只能是美好的，温馨的。她需要的不是一面反映过去的镜子，而是一面会变形的凸透镜。她要用尽所有心力，把所有的光聚焦到一点上，让它发热，并且燃烧，在那升腾的烟气中，她的心获得了一种难得的满足。

略萨还说："文学在这座我们出生、穿越、死亡的迷宫之中引领我们。当我们在真实的生活中遭受不幸和挫折时，文学是我们的抚慰。"[2] 在漫长而晦暗不明的一生中，是文学带着人性之光照亮我们前行之路。巧合的是蔡猜也提到了迷宫："年少时，我无数次走过这样的弄堂。骑着单车，

---

[1] ［秘鲁］巴尔加斯·略萨. 赞颂阅读与虚构［J］. 姚云青，译. 书城，2011（1）.
[2] ［秘鲁］巴尔加斯·略萨. 赞颂阅读与虚构［J］. 姚云青，译. 书城，2011（1）.

在石板路上穿行。远远就能听到远处的人声,泼水声,小人的哭闹和打斗声。进入这样的弄堂因为不熟悉的缘故,我总会产生一种进入迷宫的错觉。因为这样的错觉,直到今天,我还是喜欢一个人在小巷子里闲逛,希望能在行走中,找回往日那种生动的情趣。"(《北寺塔上看姑苏》)在回忆的"迷宫"里,她找到的、认得的总是那些沿着她的情感脉络伸展的路径,顺着这些路径,一直走回记忆深处,走向自己。所以无论回忆、乡愁还是写作,都源自她的内心需要,源自一颗心不惧岁月风霜的需要——它以此为生。还是恩斯特·卡西尔看得透彻:"在某种意义上说,人是在不断地与自身打交道而不是在应付事物本身……即使在实践领域,人也并不生活在一个铁板事实的世界之中,并不是根据他的直接需要和意愿而生活,而是生活在想象的激情之中,生活在希望与恐惧、幻觉与醒悟、空想与梦境之中。"① 说到底,这是作家给自己编织的一个梦,一个独自怀想、安憩心灵的空间,她需要的是对那最高的自我有所交代。至于这个梦它是搁在过去还是现在,或者未来,那并不重要,重要的是这个梦仍未醒,仍像春天枝头的露水一样美丽。

有一段时间,蔡猜连走路都困难,脚底的刺痛持续从地下冒出,有如行走在荆棘之上。这是一个绝好的象征。每一个内心修行者都必须走过这段荆棘之路,去寻找只属于自己的心灵家园,那些身体和心灵上留下的疤痕如同赐予他们的勋章。在这艰难的行走中,音乐给了她很多的慰藉和力量。深情的竹笛总是让她想起小时候"在乡间的小径上担水回家,每次都在竹林边驻足,似乎林子里会有欢声笑语传出来"(《爱尔兰画眉》)。梦里田园,无比欢畅。歌者 Russell Watson 的嗓音具有无限的魔力,在《永驻》中他只"用一句话,便把全世界孤独的心,都温暖了",仿佛几个音符就可以托起一个世界。而奥立佛·香提在《均衡》中用生命的鼓点让她"不知不觉地,已经放下了一切心理上的负累。那些阻碍我前进的理由,都被风一样吹远"。这些音乐仿佛一片片祥云,铺垫在蔡猜的脚底,让她忘记了疼痛,一种内在生命的欢喜伴着她安静地行走。在这行走的过程中,浮现了一些或高兴、或悲伤、或坚守、或沉默的面孔,这里有她一生

---

① [德]恩斯特·卡西尔. 人论[M]. 甘阳,译. 上海:上海译文出版社,2003:41.

相伴的艺术家朋友，有诗歌写作上的知音，有认识的和不认识的、每天认真扮演好自己角色的芸芸众生。当她把笔触转向这些平凡而可敬、可爱的人身上，她的语调是那么柔和，拣尽美好、温润的词语来无怨无悔地爱着他们。她写自己去养老院看寄娘，感叹于"我的寄娘老了，她不再记得所有的幸福和痛苦"（《去养老院看寄娘》），那是人事全部消磨之后的空白与虚无，是面对生命徒然消逝的无奈与无助。有一段时间她被一个在枫桥路边卖香烛的老人吸引住了，每天早晨，她都要路过那里："不管下雨，还是大热天，她依旧早早地坐在马路边，跟寒山寺保持着一段距离，守着她一个人的路口。不知道老人是因为家庭原因，还是因为寂寞，那么一把年纪，还要在马路边风餐露宿地做小生意。平时，倒也没有人去管她，我只见过一次，某个中年的城管，开车到她身边，跟她婉转地说，转去吧。苏州人把回家去说成转去。她竟然跟城管露出了一个调皮的笑容，还说等一歇我就转去了。"（《那些擦肩而过的灵魂》）这"一个调皮的笑容"实在惊艳，蔡猜用了长长的铺垫、用了很大的耐性按捺住自己，不要将它过早地向我们和盘托出，它仿佛大雪封山之后绽放的一株红梅，一下就调动了所有的善意与感动。她还记得那些东山、西山的果农，"每到枇杷和杨梅桃子上市，总要挑上几篓沉重的水果，一路上挤几趟公交换几路不同的车次，到达那些她们从前常去的街巷。他们就是这样宠爱着苏州的城里人，即使那些人口袋里的钱没她们的多，她们每到这个季节，都要千里万里，把新鲜的水果送到城里。她们总是弱弱地不敢与别人对视，谦卑地缩着身子，怕自己的扁担，招惹来不客气的眼神"（《挑一担杨梅的老妇人》）。这些果农代表的是一种老老实实的生活，不管风里雨里总在路上，匍匐着、行走着，把一条路走到"细入乡思愁肠"，把一个生命走到烟尘之中。那种生命的谦卑，时时提前准备好的善良，在人世的风雨中放着光。

在这样兀自沉醉其中的回忆与怀想中，蔡猜经常表现出一种执着与天真，仿佛不谙世事，不知人间愁烦。她在《炎热夏季里的一个夜晚》里写道："那天，我穿了一件旧衣服出门，去见朋友。我是有意穿着这样一件衣服出门的。首先是我喜欢，第二我还是喜欢。"它让我想起鲁迅的《秋夜》著名的"两颗枣树",但是和鲁迅的冷峻不同,她是这样任性,这样专注于自我的内心,就像她对童年的回忆一样,哪怕世界已经地老天荒,她仍守着春暖花开的旧影。"艺术家的内心是顽固的"(《火车开往景德镇》),她早已经为自己写好了注脚。

有一年,也许是缘于儿时记忆的蛊惑,蔡猜摘了很多桑葚来泡酒,邀友品尝。我常常想,那些又酸又甜的果实,在心形容器中浮浮沉沉浸泡久了,隐隐散发出的时间香味,在绵长的回忆中流散漂泊,真可谓是"一壶往事胸中浮"了。

低处的风景

——评杜怀超散文集《苍耳：消失或重现》

当 1989 年诗人海子自杀后，许多人宣称中国农耕文学也随之终结。但是时至今日，中国的农耕时代也许过去了，可农耕文化、乡村记忆却仍顽强地活在当代文学中。从本质上来说，农耕文明、乡村文学是人类童年记忆的回响和返照，是人类文明之根。如果回顾一下，不难发现在百年现当代文学中，乡村文学总在不经意间回归人们的视野。从第一代作家鲁迅、周作人等，到二十世纪三四十年代的沈从文、废名，到四五十年代的赵树理，再到八十年代的贾平凹，九十年代的刘亮程……我们可以发现乡村文学之根始终未断。杜怀超的乡村散文可以说是这一文学传统的延续。但是杜怀超的写作与他的前辈有所不同。在鲁迅那里，乡村只是个很虚的背景，一种渲染与烘托。而对于沈从文来说，乡村是一种格调与色彩，而且是想象空间中的格调与色彩。刘亮程虽然写的是乡村中具体的人与事，却完全是在说着自己的故事，是经验的独语，那是"一个人的村庄"，他也写驴写狗写马，可是仔细一看，这些动物似乎都长着人的面孔。杜怀超则进一步把对乡村的书写推进到物的层面，深入乡村的细节与根部。他曾经对乡村农具细细抚摸，在本书中他打量的则是那些野花野草，对这些大地的皮肤，杜怀超给予了少有的关注，他深入乡村的根系和岁月的深处，写出了对它们的疼惜与尊敬，写出了大地上众生万物的秘相。

一、乡关何处

野草是低调的。他所写到的这些野草，水烛、苍耳、灯笼草、婆婆纳，无一不是生长在低处，"世间，没有哪一种事物如草般，低到尘埃，低到泥土的低处，低到生命的低处"（《问荆：把肉身交给植物》）。在田坎下、河岸边、荒野里，在那些不为人注目的边缘地带，它们就像田畴阡陌的饰带与花边，兀自开了，又兀自落了，"花开花落两由之"。也许阳光照耀，也许风雨吹折，它们只是"以一种寂寥、孤独和冷落的状态，潜滋暗长"（《水烛：照彻苍茫的生灵者》）。它们低调、谦逊，"驿外断桥边，寂寞开无主"，它们自觉地远离庄稼，远离村庄的中心，在角落里演绎着低处的风景。但是杜怀超熟悉它们，走近它们，并记住了一个个生动的名字。他知道灯笼草学名叫酸浆，皇宫里称之为挂金灯，官宦人家称之为王母珠、洛神珠，而乡村百姓则亲切地呼唤它的俗名灯笼草。"俗名是事物的乳名或小名，它们是祖先的、民间的、土著的、亲情的。……它们既体现事物自身的原始形象或某种特性，又流露出一地民众对故土百物的亲昵之意与随意心理。"① 俗即熟，因为太熟悉了，太亲近了，所以呼唤的是俗名，就像父母呼唤儿女的小名一样。

  沐浴着同一片阳光与雨露，同在广阔的乡村大地上生存繁衍，野草已经成为农人的象征与隐喻。他们都是把根扎在土里，向上生长，又时刻依恋着大地。一生与土地打交道的农人们，木讷少言，不擅辞令，只知双手在土里用力，把土地翻了一遍又一遍，寻找口粮和明天，打发白天与黑夜。写这些草，就是写记忆中憨厚淳朴的乡亲父老，就是写千百万在土里刨食的中国农民，其中有回忆，有怀想，有不能割舍的血脉，有浓浓的乡愁。这也是当杜怀超写到它们时字里行间饱含深情的原因。

  这些野草，仿佛是一个入口，打开走进去就是一部乡村生活的历史笔记：打碗碗花是饥饿年代里村民们眼中最坚韧的那根救命稻草，蛇莓记录着一个乡村年轻尼姑无端殒命的悲剧，而红蓼则在作者童年记忆中与母亲的身影浑化在一起……这些与乡村、与农人们共生共长的野草，时刻"在黑暗中注视着生活"，随时准备走进农人的一日三餐，或者为他们遮风避雨、御寒祛病。《百年孤独》中神秘的吉卜赛人梅尔基亚德斯在表演了磁

---

① 苇岸. 大地上的事情 [M]. 北京：中国对外翻译出版公司，1995：22.

铁的魔力之后，对老布恩地亚说："万物皆有灵"，"只需唤起它们的灵性"①。在农人眼里，野草的灵性无须唤醒，因为当他们把根向下扎，在大地之下，天然就是相通的。时间是一瓶合成剂，将生活、劳作、苦乐与这些野草、物什一起，合成了往昔又喜又悲的生活：那是童年第一次在草地中奔跑之后沉沉睡去，那是劳作之后掐一段青草在嘴里享受劳作之后的平静与满足，那是在饥荒之年紧紧抱着一捆芦苇平静内心的无助与忍耐……在某个不经意的瞬间，这一个个日子又推窗而入，魂牵梦绕，让我们感慨，让我们怀想。一株株野草，仿佛一个个路标，默默地立在道路两旁，指引我们做一次精神的返乡之旅。而在千里外的天空下，故乡已经物是人非。故乡沦陷，家园毁弃，童年飘远，我们这些没有故乡的人，只能随着杜怀超的文章，一次次在梦中追寻那些模糊又清晰、酸楚又甜蜜的往事乡愁。

二、野草列传

历史上司马迁首创"列传"，"叙列人臣事迹，令可传于后世"，它使一个个英才俊士的名字在千年之后仍熠熠发光。杜怀超的这本散文集可说是一部"野草列传"，他以崭新的眼光重新打量这些不起眼的野草野花，感受它们从泥土与朴素之中发射的光芒。草木有本心，这其中，至关重要的是心灵的发现，杜怀超以庄稼一样的谦逊与柔情低下身子，贴近大地，从日常生活出发，去提炼野草的本质，挖掘性情，钩沉历史，向我们呈现了每一种野草的不凡与丰满。

每一种野草都有着独特的丰神与面目。"当呈现在你面前，如果整个大片大片的芦苇，是天地间千万架弹奏秋风的大提琴。"(《芦苇：河岸边的野蛮生长》)这是高迈、挺拔、俊秀的芦苇，当它随风摆动，它唱出的正是大地深处的歌谣。而红蓼则是另一种面目："游龙初见不识。逢夏秋，常见一丛丛野草从地里冒出，蓬勃旺盛，卧地舒枝，扶风扬穗，渐渐由青

---

① ［哥伦比亚］加西亚·马尔克斯. 百年孤独［M］. 范晔，译. 海口：南海出版公司，2011：1.

枝绿叶，继而红花怒放。穗状花序，玫瑰粉红之色，远观红艳一片，一束束擎向苍穹的火炬。"而霜后"她手臂般的枝节，黄褐色，瘦弱充满全身，然骨节处，却万般坚韧与铮铮。越是水瘦，就越是显露出其精神来"。（《红蓼：刮骨疗伤般的妖与艳》）这份顺境时的明媚与乐观、逆境时的坚韧与骨性，弥足珍贵。而慈姑则以柔软之身、以慈心佛性，喂养了一个又一个村庄的饥荒之年。

在与野草的对照之下，杜怀超发现了人心不古，发现了我们离自然的怀抱越来越远，而我们竟不自知，反而在自我放逐的道路上越走越远，沾沾自喜。灯红酒绿迷惑了心性，财富追逐游戏仿佛饮鸩止渴，在人前高谈阔论，而在夜深人静时那迷失的自我迟迟回不到身体的正位。即使是千百年来灵魂栖息的村庄，也已面目全非，"庄稼坍塌，河流消失，树木隐藏，村庄老去。空荡荡的村子，空荡荡的旷野，空荡荡的日子"（《灯笼草：原野上的红姑娘》）。空荡荡的还有人心，财富与欲望不断填进去，却始终填不满这空虚。当代诗人海子曾经写道："土地死去了/用欲望能代替它吗？"① 欲望只会产生欲望，它把一切都变成欲望。那如同狂饮海水，海水源源不尽，而干渴却仍然无休无止。欲望像夏日的雨云越积越厚，慢慢遮蔽了心灵的田亩。

正是基于这一发现，杜怀超向我们发出了向野草学习、回到自然的怀抱的呼唤。"在现代文明和科技发展的另一面，我们是否感到有一种巨大的力量在逐渐远离、倒退甚至直到坍塌，即神性消退，自然远去？我们是否还需要保存着与万物交互的慈悲，向往着和宇宙保持最原始的亲密，以谦卑的目光注视着生活、世界？"（《慈姑：水天堂里的救赎者》）无论人类从丛林里走出有多久，也无论我们在平原和城市将文明发展到何种程序，我们都不应忘记自己的来路，在自然面前保持一份谦逊与敬畏。"一株植物就是人类的一盏灯，一盏充满神秘与未知的灯，我们都是在这些光亮里存活，保护呵护，保护尊重，保持敬畏，这才是我们人类应该有的姿态。"（《打碗碗花：咒语里的瓷式生活》）从大地母体挣脱出来以后，人类的脚步向着现代社会迈进。而现代社会中人的自我的分裂与异化，失去

---

① 海子. 土地·题词[M]. 西川. 海子诗全集. 北京：作家出版社，2009：642.

家园的惶惑与不安，现代化的城市所映照出的荒凉感在每个人心里弥漫，只有"靠近大地，靠近大地上生长的草们，寻觅、倾听甚至膜拜这些卑微的草丛，会使我（们）获得难得的安静与沉稳"（《艾草：庇佑民意的菩萨》）。

不难看出，杜怀超铺叙野草"列传"，不仅仅是为野草正名，为乡愁招魂，他还想像沈从文努力构建一种健全优美的人性一样，从这些"泼皮"又谦逊的野草身上，找到一种特立独行于时代的品质，寻得一种健康、朴素、骨性的生命力，作为当前人类命运的镜鉴与参考。"在这些水烛编织品面前，我们找到了一种久已消失的光亮，与古人简朴生活的心灵互应、对接。正是水烛编织品，让我们复杂、浮华、虚化和迷乱的生活里有了本真的镜像，有了与日月星辰同在的草木本色。"（《水烛：照彻苍茫的生灵者》）这种寻找，是一种自我救赎。真诚如杜怀超者，对世事万象、内心生活又有着异乎寻常的敏感，他受不了"心内总有荒芜之感，苍凉之感和迷惘之感"，冀望这些柔弱又坚韧的野草能与自己相互搀扶，走出这内心荒芜的寒武纪。

三、土地道德

野草低到尘埃，而有时杜怀超却以更低的姿态，把野草放置在头顶之上。他站在野草中间，从野草内部发言，他的语调中充满了平等与尊严的因子。"人活一世，草木一秋。站在大地上，草与人，都是大地的苍生。一样的泥土，一样的高度！"（《问荆：把肉身交给植物》）他竭力纠正以人高高在上的眼光来衡量一切的视角偏差，一视同仁地把大地之上所有的生命看作一个命运共同体，"丰收不仅仅是人的，也是万物的"[①]。这与美国享有国际声望的科学家和环境保护主义者奥尔多·利奥波德提出的"土地道德"理念正相一致。奥尔多·利奥波德被称作美国新保护活动的"先知"，他同时又是一个观察家、一个敏锐的思想家，他的一生几乎都与森林、荒野以及野生动物联系在一起。他在对自然的长期观察和生态保护实

[①] 刘亮程. 剩下的事情［M］. 一个人的村庄. 沈阳：春风文艺出版社，2013：45.

践基础上，写出了一本薄薄的自然随笔和哲学论文集《沙乡的沉思》，被后人称为"绿色圣经"。奥尔多·利奥波德认为"道德"不仅仅处理人与人、人与社会之间的关系，还应触及人与土地的关系。他说："土地道德是要把人类在共同体中以征服者的面目出现的角色，变成这个共同体的平等的一员和公民。它暗含着对每个成员的尊敬，也包括对这个共同体本身的尊敬。"[①] 而奥尔多·利奥波德作为一名彻底的环保主义者，他最终将生命也献给了土地，在赶赴帮助邻居扑灭农场大火的途中，不幸因心脏病猝发而逝世。

"土地道德"的根本思想是将人从高高在上的统治者角色中解卸出来，融入万事万物之中，看清人只是大地上亿万尘埃中之一粒这一事实，从而抛弃暴戾、乖谬、执念，回到任性自然的大道上来。必须破除人是世界的主宰这一妄念，其实主宰世界的从来就不是人，而是爱与美，是自然之道。我想杜怀超在决意为这些野草"列传"、为乡愁招魂之时，他的内心里一定回荡着老子的智慧真言。两千多年前，这位中国先哲也正是目睹了人心欲望的膨胀和肆掠之后，沉痛地告诫人们要"辅万物之自然而不敢为"，并提出了"道法自然"的至纯真理。

站在这平等尊重的新地平线上，杜怀超在写作中会时不时调换视角来审视人类自身，从而获得了对人与物之间关系的全新理解。他在《打碗碗花：咒语里的瓷式生活》中写道："曾经我写到看麦娘时，有专家和读者就对我质疑，对看麦娘意象营造的谬误，其思想有值得商榷的地方。质疑焦点即是看麦娘是一种有害野草，会夺取麦子的养分。实际上，哪一种植物的生长不要吸引来自大地的养分？这是植物的生存权利。"以人为中心的成见常常使我们导向唯一的答案，传统固执胶着的思维框架一旦被拆除，许多问题随即释然。"人类审视植物、动物，称之为动植物，反之，动植物审视人类，说不定也称呼人类为能说话的怪物。"（《红蓼：刮骨疗伤般的妖与艳》）视角的转换，权力的转手，随即呈现的结果也许是我们人类所不曾想象的，但它本应是这大地之上的应有风景，是彼此对待的应有之义。"大地上的植物正是人在泥土中的倒影。"（《飞蓬：身不由己的

[①] 苇岸. 大地上的事情[M]. 北京：中国对外翻译出版公司，1995：105.

旅行者》）而今，我们已经将大地的镜子毁损，而自身的面目也早已经模糊不清，只有一些欲望的喧叫和无处归依的呼号。

  在一次发言中，杜怀超曾谈到他写作"野草"系列散文时的困惑，他说这些文章是否会有将野草和传统乡村文明美化之嫌。一个在自我怀疑之中不断推进写作的作家是难能可贵的，他的文字和书写必然是节制的，是谦卑的，他有自己的尺度。其实我认为，所谓写作，就必然是美化，就必然是极端化，作家不仅是以所见所闻来呈现写作对象，他还用自己的梦温柔地将它包裹起来，并用独特的情感之笔来涂抹它，最后所呈现出来的面目，估计有时候连作家自身都认不出来。就像沈从文倾力建筑的"希腊小庙"，它并不在湘西和乡村，也不在中国，它就在沈从文的心中。这些野草也一样，它们应杜怀超的心灵之召唤，在他的笔下成长而美丽，在他的心里蓬勃而摇曳。不过，从写作方式上来说，《苍耳：消失或重现》这本书也有它的值得商榷之处，那就是内部篇章之间的同质化倾向。书中的每一篇从语言到情感经验到思想立场都是相似的，在不同的篇章中读到的有些句子和段落有似曾相识之感，这提示了这种写作的一个隐忧，它在保证了整体风格的整一性的同时，也会有自我复制的风险。

  从《一个人的农具》到《苍耳：消失或重现》，杜怀超带着一颗草木之心不断走向大地和乡村的血脉深处。在这个喧嚣和遗忘的时代，他的写作无疑是勇敢的，有点孤军深入的味道。当他将这些野草的身影一个个在时代的瞳孔上放大，安放在乡村地坛之上，那仿佛是一排排巨石阵，接引天光和地气。这低处的风景，却让我们久久仰望。

逸出人世秩序的镜阵

——读葛芳小说《消失于西班牙》

"万物处在完美而悲哀的秩序中。"读到葛芳小说《消失于西班牙》中的这一句，笔者抬起头来，仿佛看见镜子里卡夫卡"静谧、痛苦的微笑"①。"完美而悲哀"，结合得如此密实又恒久的矛盾体，深谙命运遭际的甜蜜与残酷。我们仰望如此温润的月亮，确乎既有光亮的一面，也有背阴的一面。葛芳的短篇小说《消失于西班牙》书写的依然是她一直以来持续关注的女性精神性生存问题：年过不惑的伊丁和她的小男友在农历新年开启了一场西欧之旅，而随着旅途的一步步展开，两人之间黏合紧密的胶漆裂缝越来越大，终至完全脱开而无法复原。小说的故事主线是两性关系，两脚落地，但其实有一只脚是虚站着，重力在伊丁这边。巨大的压强使它几乎深入地板之下，楔入了当代女性"背阴"的一面个体化生存。

他俩从东方来到西方，经历大跨度位移，"从骨骼到骨骼，从大陆到大陆旅行着。"过于漫长的地理经线和纬线足以纺织出一个如蚕茧般纠缠、交结的故事。他们经过里斯本、马德里、西班牙一个个地名，作者又将伊丁的父母、姐妹、前夫、兄长，如同一个个图钮标定在路线之上。当这些地名和图钮化为文字时，它们是这样一些：

她身体里有东西在动，有时在头皮层，有时在盆腔里，有时在她

---

① 【奥】马克斯·布罗德. 灰色的寒鸦——卡夫卡传 [M]. 张荣昌，译. 北京：北京十月文艺出版社，2010：215.

的子宫。

这身体里的"隐性之动"不休不止，一直持续着，像一盏提示灯不时亮起，构成了小说的一个韵律性节奏。它是身体隐约不安的传达，这是一种本能反应，如同地震前动物的惊慌和异常。从小说第一节到第五节，这"隐性之动"不断出现，一种小说内在的复沓，如波浪层层推涌，把一个问题推到读者面前：

他会跟上我几年？

伊丁决绝地选择与小男友生活在一起，是对既有生活的一种反抗。她要去过另一种生活，就像《橄榄树》中所唱："不要问我从哪里来/我的故乡在远方/为什么流浪/流浪远方。"世俗之中，有一个庞然大物，蹲踞于人类脆弱的肉身之上，这个庞然大物的名字叫生活。而伊丁要将它踩在脚下，让所有的人再次看见一个"人"。这是与众不同的生活，是伊丁所热爱的三毛与荷西曾追求的生活。三毛与荷西的恋爱生活在小说中无疑是作为一种对照或者说一种理想出现的，伊丁就是奔着这镜中的人物而去。就连她和男友之间的年龄差距的设定，都与三毛和荷西的忘年恋相似。而荷西的早逝，是否给了伊丁对于自己爱情结局的某种暗示？

"他会跟上我几年？"笔者想，作者在小说的第三节推出这个问题之前，一定攥着伊丁的手拼命忍了很久。这个问题其实一直都在她脑际盘旋，她想马上问出答案来，但是作者不允许，她还要等待。应该注意到，小说的前两节，伊丁一直将小男友与前夫进行各方面的比较，她摆动的情感天平一次又一次倒向小男友这一边。她在做说服自己的工作。然而，小说要取得平衡，要让故事重新回到原先的平行线，就必须做出转折和回调。所以，"他会跟上我几年？"这个问题一直徘徊在作者的笔尖不远处，只是作者一次又一次将它推开，直到不得不将它推上前台。

这另一种与众不同的生活，在两性关系中首先就表现在性上。实际上性在葛芳的许多以女性为主要书写对象的小说中都具有重要意义，如同生活之盐，也是文学之盐。这盐不是为了有味道，而是为了通过它更有效地把血液和氧气输送到身体的每个神经末梢，唤醒那些晦暗的夜晚与清晨。所以，这里的性具有精神性和超越性，连接着生命本质性的存在。性超越了欲望本身，抖落向下的黑暗，它是飞翔的，驮着沉重的灵魂鸣叫在云层之上。这是精神之酶，一经其点下，瞬间激化了充满矛盾的复杂生存，使所有生活的不堪与暗影清晰地投射在精神的天幕上。这性是父亲留给她的最大礼物，无论是"性欲旺盛"的父亲，还是"在性事中往往抢占着上风"的她，都在本能地寻找心灵的出口，都是利用性来打开一条道路，穿越这灰尘与油腻层垒的人世，去过一种自由自在的生活。

当这个酶开始变质，就敞开了裂缝。故事里的裂缝始于在皇马俱乐部，作为球迷的小男友沉浸在疯狂与激动的颤栗之中，而她却脸色苍白、身体不适。加上当他想参观 C 罗的更衣室时被阻，英语流利的她虽上前帮忙沟通却未成功，他心生怪罪。裂痕的口子一层层撕开，有不可挽回之势。休息时一瓶红酒下肚后，他"霸王硬上弓"，强行插入了她身体的"裂缝"。他有他的 C 罗，而她有她的三毛。伊丁被男友强暴，也就是被生活强暴。如今这裂缝只在她的身体里，而不在他们之间了。因为两个强行粘合的生命体已经分离，而缝隙素来只存在于内部。她所设想的另一种生活被砍掉了一半，但与她所追随的三毛当年生活被砍掉的一半不同。三毛仍然拥有荷西，当荷西死去后，三毛即扩大为他俩的全部；而伊丁失去了一半之后，无法生长，没有获得。如果说有所获得，那就是她真正明白了一件事："万物处在悲哀而完美的秩序中"。一直以来，伊丁"她快乐地抗争着"，她并非没有意识到这"秩序"的存在，只是她还幻想着两个自由生命的结合体可以穿透这"秩序"。但这"秩序"向伊丁做出了最后的摊牌：独自看球赛的小男友，看着十万人退场已经吓怕了，在地铁站又被小偷掏走了钱包和护照，他几乎是哭着向她求助。一个连基本的生存能力都没有的另一半，一个强行撕裂了自己的另一半，伊丁只能放弃。

万物处在悲哀而完美的秩序中。

苦涩的辩证法。万物遵循这辩证法的要求，所以母亲早早去世，而父亲可以很快重婚，前夫"像红烧狮子头"般的身体"鼾声如雷"，还有男友、还有前夫现在的女人……这一个个名字构成了一个在大地之上布置完成的镜阵，镜阵之间如雷达般相互折射出一日三餐的光线，昏黄黑暗而又耀眼盛大。处在镜阵中的每一个人，如同一尊尊古老的雕像，沉默静立，面露微笑。这镜阵就是他们找到的"安稳的巢，等寒风来的时候，可以躲进去。"伊丁没有巢，如今她去掉了另一半，她变得更有穿透力。"伊丁想，我可以消失，消失得越彻底越透亮越好。"南欧西班牙的热带阳光如此强烈，使镜阵反射的光线突然加强，光束汇聚发出高速的脉冲，使她瞬间逸出这"秩序"的镜阵，从人世的雷达上消失。

这透亮的逸出是隐身术，脱弃了又一层幻想的伊丁更加自由，她要主动退出镜阵，变得透明，超出普通人的视线之外。她在内心里将自己转化为一种里尔克所说的"不可见之物"，一种更高的精神之物。脱去一层层外壳，就像诗歌中的"新骑手与马"，由于极速奔跑，从上到下依次烧掉了身体和四肢，甚至鬃毛和马鞍……诗人发现，"什么都烧掉了／它们就跑得更快"①。就是如此，伊丁脱去了身上的一切可见之物，变得透明，她就能够逸出人间秩序的镜阵。

维·什克洛夫斯基说："艺术是一种安慰的方法，不过安慰不是欺骗。"② 葛芳是狠心的，也是善良的，写出这一个故事，仿佛对伊丁也是一种安慰。她为伊丁提供庇护，让伊丁隐身于自己的语言之巢中。

---

① 车前子. 新骑手与马 [M]. 新骑手与马：车前子诗选集. 南京：江苏凤凰文艺出版社，2017：42.
② [苏] 维·什克洛夫斯基著 [M]. 散文理论. 刘宗次，译. 南昌：百花洲文艺出版社，1997：235.

文学情怀，书生意气

——读《梦入江南烟水路》

潘讯的新作《梦入江南烟水路》出版了，嘱我写篇短评。考虑到他这部作品本是评论集，我这篇文章无疑有班门弄斧之嫌。但是另一方面我和潘讯关系非同一般，这篇文章似乎又非写不可：远的来说我和他是安徽同乡，我是安庆市望江县人，他是宣城市绩溪县人，属于古徽州，而安徽得名正是来源于安庆和徽州的第一个字，我们的家乡渊源颇深；近的来说我俩是研究生同班同学，八年前我们曾经同时在苏州大学负笈求学，一起在东吴园的红楼绿树间听讲座、泡图书馆，在后庄宿舍里纵论文人轶事和道德文章。好在古人也说过另一句话，"弄斧到班门"，所以我这篇短文也就有了写下去的理由。

潘讯为人沉稳，有定见，有条理，初见即做学问之人。《梦入江南烟水路》这本书考索苏州评弹的历史情缘，追寻家乡先贤的遗风余韵，祖述文学耆宿的心路历程，处处显现出立志躬耕书斋、又时刻想走出书斋的冲动，既蒸腾着书生意气，又洋溢着文学情怀。

最引人注目的是在他身上闪烁着文化理想的光芒。我们是2005年进入苏州大学文学院中国现当代文学专业学习的，那时虽然钱仲联、范伯群等大家已经不再执教，但是仍有范培松、朱栋霖等一批名师活跃在中国现当代文学研究的各个领域，卓有建树，成绩斐然，吸引着全国各地的学子奔赴而来。至少我当时就怀揣着一份美好的文学梦和学术理想走入苏大，追随着"养天地正气，法古今完人"的校训。潘讯在这方面可以算是一个代表，我记得研二时我们还在为发表论文而发愁，他已经在报纸副刊上开起了专栏,让我们羡慕不已。毕业以后大家风流云散,有的从政,有的做了老师,有的继续读博,大多数人都已稻粱而谋、为生存而奔波,现实的挤压、生存的重负,使文学和学术渐渐退到了一角。所以毕业八年之后,当我拿到潘讯的这本评论著作时,不禁感到由衷的钦佩和十足的惊讶。原来在毕业后的这些年中,他仍然坚持用文学丰富精神生活,坚持为文化传承与建设鼓与呼,十来年间,孜孜以求,从未懈怠,从他身上我读出了一种宝贵的文化担当和青年知识分子的自觉意识。他在这本集子中写到了巴金、沈从文、老舍、孙犁等众多老一代作家和知识分子,写他们其实也就是写他自己,这些文学前辈是他自己在不同历史瞬间的存在,他不断从他们的文化风骨中汲取力量和养分。他在《胡朴安与包世臣——兼及南社人物研究的一个视角》一文中写:"由胡朴安到包世臣再到顾炎武,存在着一条清晰的精神脉系,他们身上承载着关注现实、忧国忧民、传道授业、修齐治平等精神质素,一言以蔽之,就是中国士人的传统。"从潘讯的为人、为文、为学来看,我认为他的身上也流淌着这种中国传统士人的精神特质,只不过他是经过现代文明和知识洗礼的现代知识分子,更有独立精神和批判意识,眼界更宽广,精神更自由,但是他所关注的问题、所传承的精神在本质上与古代士子是相通的。

进入苏州大学为潘讯深入了解、研究评弹等苏州本地文化提供了一个契机。评弹是一种在苏州和周边地区流传久远、影响广泛的曲艺形式,已经成为本地居民百姓日常文化娱乐生活的一部分。但是因为评弹演出使用的是苏州话,一个非苏州本地人,要研究评弹会遇到很多障碍,迄今为止我仍然不能完全听懂。潘讯不仅克服了这种障碍,而且深深地爱上了这种民间艺术,倾注了多年的时间和心血。他一遍遍听,一篇篇学,爬梳整理,深入细微,在苏州评弹的历史梳理、重点人物访谈、文化内涵探究等方面下过很深的功夫。他在《论苏州评弹的文化特征》一文中指出,评弹塑造的人物形象"最敏锐地传递出时代的气息,他们的神态会令我们联想起《蒋兴哥重会珍珠衫》《卖油郎独占花魁》《施润泽滩阙遇友》《转运汉巧遇洞庭红》《玉堂春落难逢夫》《叠居奇程客得助》《杜十娘怒沉百宝箱》《刘小官雌雄兄弟》等通俗小说中的著名形象"。这一论断可谓一语中的，直击本质。评弹兴起于市井街巷，盛行于茶肆酒楼，服务于市民阶层，天然与市民文化的兴起联系在一起，因此它塑造的人物形象反映了市民的文化趣味、审美特征和生活理想，与"三言二拍"等通俗小说有着相同的旨归。另外，他还开展了对一批评弹老艺术家口述史做记录工作，体现了敏锐而独到的文化眼光。近些年来，口述史研究受到社会各界广泛关注，产生了一大批有价值的作品。潘讯很好地把握了时代对文化传承和发展的要求，提出了《关于"苏州评弹口述史（百年）"的构想》，并且亲身实践，对苏州评弹界的一批老艺术家进行了访谈、记录、整理，并对金丽生、邢晏春和邢晏芝等国家级非物质文化遗产苏州弹词代表性传承人编辑了研究专集，撰写出版了《一曲琵琶凄婉绝——徐丽仙传》和《典范苏州·评弹分册》等研究专著。这些基础性工作和个人化的研究工作，需要花费大量的时间和精力，但对于苏州评弹文化的保护传承是意义重大而深远的，套用一句俗话，是功在当代、利在千秋，苏州评弹的热爱者们当会记住这一点。

  而这本书让我印象最深刻的还是他踏实的学问功夫。从20世纪90年代以来，经济大潮席卷全国，浮躁、虚无之风吹进了文化圈、学术圈，急功近利的风气甚嚣尘上，"板凳要坐十年冷"的古训被人抛到了脑后，文化快餐之风粗制滥造，为大众所诟病。更有一些专家学者在做学问、搞评论时"超低空飞行"，抛开文本、自说自话，甚至完全连文本都没看一眼就操起如椽之笔来发表一番空疏浮泛、不着边际的高论。在这种风潮之中，潘讯却掉头而去，收束心志，躬耕书斋，一头扎入作品典籍之中，检读批阅，徜徉悠游，兴会感叹，感叹之余，不免以笔录之，遂以成篇。他在《桐城文派的遗风余韵》一文中引用刘大櫆的话"盖人不穷理读书，则出词鄙倍空疏"，所以他自身极力戒之。从本书的很多文章中我们不难看出他老老实实的学术态度和扎实细致的考据功夫。他不崇尚虚浮，不追赶时髦，始终守着自己的"一亩三分地"，念兹在兹，勤勉不辍。比如，在评弹方面他不仅系统欣赏了蒋月泉和江文兰、徐云志和王鹰、周玉泉和薛君亚、邢晏春和邢晏芝等名家的经典评弹作品，还"走遍了苏州城里的大小书场，访谈了周良、金丽生、邢晏春、邢晏芝、王鹰、薛小飞、薛君亚、杨玉麟、江文兰、彭本乐、程若仙、濮正明等老专家和老艺术家,积累了数十万字的原始资料"(序言《满目离人随处遇》)。这个过程无疑是枯燥而艰辛的,但也是扎实而有益的,为他后来的评弹研究提供了坚实的学术支撑。同时,他对某个作家的了解、研读和介绍力求全面,向大家呈现一个完整、立体的作家形象。比如,关于现代作家苏雪林,我们大多数人只熟悉她对"五四"一代作家独具慧眼的评论以及她与鲁迅之间的半世恩怨,却对她发表于20世纪30年代的唯美剧《鸠那摩的眼睛》知之甚少。在《〈鸠那摩的眼睛〉的唯美主义风格》一文中,潘讯不仅详细介绍了这部作品的基本内容,对它的艺术特色进行了深入的阐释,并从唯美主义思潮在中国的传播过程这一角度进行了梳理和分析,使读者透过历史的烟云对这位现代女作家的文学地位和历史功绩有了更准确的认识与把握。在这个浮躁敷衍的时代,潘讯心无旁骛,探幽析微,独自前行,展现了一种非常难得的学术品质。

读罢整部集子,可以发现桐城文派对潘讯的影响很深,他的很多文章在不知不觉中实践着桐城散文考据、义理、辞章三要素,整部作品也显现出一种充沛、翔实、中正之气,让人读之明理,深有感悟。但从另外一个角度来说,这种影响也导致某些文章稳重有余,激情不足;资料有余,情怀不足,缺少了艺术的激情和个人的风采,作者的风格被厚实的资料所掩盖,文学感为历史的烟尘所遮挡。当然,以他的天分和聪慧,以他的沉静与执着,秉持着一颗淡定从容之心,我相信他的写作之路一定会走得更远。

下编

拿一只放大镜从门外看车前子的画

车前子的画是一种综合体。不仅仅有笔墨，还有诗歌。他的画里有一种诗性的东西，是主体诗性精神、自由意志的综合显现。他的画与诗是同一的，但不是苏轼说的"诗中有画"和"画中有诗"。其实大凡达到一定水准的作品，皆是诗中有画、画中有诗。但车前子的画的不同之处在于，它不是"有"诗，它直接"是"诗，是诗的另一种呈现形式。不是说画是诗歌内容的图解，而是诗与画二者都统一在他的艺术实践中。一棵树既长叶子也开花，叶子与花都是一棵树上长出来的，它们来自同一个根系。他自己也说："私下里我觉得我的画是诗人画。我拿着毛笔，在一张宣纸上展开、呈现我的想象力，咬破点诗茧，吐出一根线的丝来。"① 他的画跳脱，自由，狡黠，对自我的表达，超过了对道与法的呈现。他没有古人要追求的那种"道"，他是自我，是自由，是逍遥。李德武曾说车前子的诗歌是一种逍遥的诗歌，同样，我们也可以说他的画是一种逍遥的艺术，一种现代精神的远古式怀想。从艺术创作主体精神来说，他和古人不同，古人讲究虚静，抱朴守一。而他是完全现代的，追求瞬间的爆发，一种即兴而作。他当然也有苦心经营，意在笔先，甚至先几百年。但更多的是一种即兴，对某人某事某种意味的瞬间反应。他曾经评论文徵明和陆治师徒道："陆治是文徵明学生，我有出蓝之感。文徵明笔墨当然精良，但画面常在套路里，没有多少即刻的感受。而陆治绘画，往往有即刻的感受——这种即刻的感受，在宋人山水里山高水长，到黄公望，也是隔代知音。"②

---

① 车前子. 吐出一根线 [M]. 老车·闲画. 北京：北方文艺出版社，2015：17—18.
② 车前子. 名士门庭 [M]. 老车·闲画. 北京：北方文艺出版社，2015：75.

这种"即刻的感受"在车前子身上被激活,一种远古的琴音,在他的手上被唤醒。

他是古人知音。读他的艺术随笔就会发现他与古人诗书画多有会心之处。他不仅是黄公望、八大山人的知音,也是王羲之、杨凝式的知音,当然更是李青莲和杜工部的知音。所以他是个通人、杂家,或者说是"大艺术家",他着眼的是大艺术,诗书画打通,自由往来。他对杨凝式下过很大工夫。有段时间他每天早上都会临一通《兰亭序》。林散之说"唯有读万卷书,才能去掉心头陈腐之见"①,车前子因为读书多、感悟深,他的画成为一种通人之画,把许多文化、诗意的东西与当代精神结合起来了,所以没有"陈腐之见",而有新鲜之气。当他的诗性在画作中直接呈现为文字,并与画面相对照时,是非常有意思的。我对于绘画笔法之类不通,所以我更喜欢读车前子画上面的题跋。一幅《座中》,图上茄子、莲藕等,横躺仰卧,自在浮泳,如嵇阮之徒。旁边车前子又题道:"座中醉客延醒客,江上晴云杂雨云。"这是义山诗《杜工部蜀中离席》中的两句,因了这跋文,这些藕茄之辈忽有聚后挥手作别、风流云散之感。

在与人合作的一个册页上,车前子曾题跋道:"以卵击石可也,以石击卵不可也。"这几乎可算作是他的"秘诀":"以卵击石"是一种技术活,用笔墨这样轻、这样软的东西,去呈现生存、内心那样大的东西,无异于"以卵击石",它是飞腾的、轻盈的,充满了想象的生机。相反,"以石击卵"类似于抱石下水,无论如何是飞腾不起来的。如果说他的画是无限春山,那题跋就是打上去的阳光,有一种瞬间激活之感,使整个画面为之一新。但是后来我发现他画上的题跋越来越短,甚至没有了,只留一个题目。我想可能是为了减少文字对画面的限制,让画作自己去呈现。因为题跋可能是对欣赏者的一种提示,同时它又会形成一种限制。自由的作品不希望限制,它向四面八方敞开。

如果仅仅说他是与古人不同的,又失之偏颇。实际上,他是又古又新,亦古亦新,以古出新。有人说车前子水墨是"十分传统的笔墨",其实传统的只是"笔"和"墨"而已,他的整个画作则是完全现代的。他

---

① 邵川. 林散之年谱[M]. 南京:江苏凤凰文艺出版社,2016:195.

用旧瓶装进的新酒，经过"现代工艺"的发酵和渗透，使"旧瓶"也焕然一新。旧与新的激荡，二者使他获得一种平衡，也可能是张力。你既想从几百年前去看他，又想从几百年后看他，结果你落到了现在。2013年前后，车前子曾集中画过很多幅山水条屏，但这些画作与传统山水条屏不同的是，它们几乎都没有完整的构图或绘画故事，甚至也没有着意去营造所谓的意境，画作呈现的只是一种传统的笔墨精神和现代的艺术气息。他的画虽然是中国水墨画，但是渗透了浓浓的现代追求和时代面目。如果你继续用"满目苍润""浑厚华滋"这样的标尺来衡量他，会发现自己无从措手。惯用的批评刀口在这里会卷刃、脱钢。他曾画过多幅松树，其中一幅题为《如龙》，一段松枝，从右下角迤逦而出，遒曲而上，枝干上多有洞孔，画上有一段草书短跋："我画松树见者称奇，我不知奇在何处。只是我画松树非松或以为太湖石，或以为龙，更多时候是一段心境耳。此松不画松针意思是人至中年锋芒尽敛，待人接物以含蓄出之。"他的松树脱尽了松针的青色，脱尽了传统寿、劲之类的寓意，看上去既是木又是石，木者虬盘曲折向上，石者练就一身金钟罩铁布衫。他画的《月色谈》和《山海经》仿佛出自蓊郁的秦汉山林，既莽苍又有蒸腾之气：《月色谈》类似一种少年的怀想，有一种新鲜的水汽拂过；而《山海经》则是一种经验和回忆的拼贴，堆积着鬼怪人间的前世之想。他的诗歌也擅用拼贴，而拼贴本质上是一种经验的移置，当他落下一笔时，另一个更强烈的经验来到了手上。

车前子是埋地雷的高手，在诗歌中如此，在水墨作品中也是如此。他有一幅画古人的小画，题为《古人像一群孩子》，画上水平一排七个古人袖手长衫，憨厚、可爱。但细细看去，就会发现落款还有一句"等着我们认领"，平静的湖面忽然波浪翻滚、树枝横扫。黑格尔说"历史是任人打扮的小姑娘"，车前子则说历史上的古人是"等着被人认领"的"小姑娘"，从颇具古风的赞美忽而转到不动声色的反讽，这个弯一时间让人有点儿转不过来，容易发晕、翻车。我曾开玩笑说读车前子文章要带放大镜，他的画也是。否则就很难找到他埋的地雷。当然，对于水墨画我是门外汉，属于门外看画，只能看个大概。我有时想，门外看画可能更安全一点。车前子的画适合远观,不可近玩,更不能钻进去,入得太深,恐怕不容易出得来。林散之在《岷江山水》图上曾有一段跋云:"画忌甜邪俗赖,此黄子久示人金针。邪之病,人感知晓;甜之病,人易误入。"[1] 车前子是与甜俗绝缘的,因为他的口味与一般食客差距很大。有一次在一家高档餐厅吃饭,结果他一口没吃,一回去就找朋友要酱菜吃。相对于甜来说,咸是至味。他的画追求的就是至味,读之有尖新之感,无甜腻之味。观者往往以为趸入的是熟悉的山林,定睛一看却来到了蛮荒之外,所以容易迷路。但有时出游并不一定要找某条路,随野径乱走,在不知名之处看花观水,指桑为槐,也是一种乐趣。

他近年来的画作,有越来越抽象的趋势,将所有感觉与情思抽象为一组组线条和色块,成为天地间一种纯粹的形式,更加自由自在。我觉得他的诗歌也有这种趋势。比如他写过很多以《无诗歌》为题的短诗,这个题目本身即一种总体性的抽象。其中有一首是这样的:"人睡入/宇宙。头顶——血/在交配。"这首诗将无限繁复、生生不息的生命循环抽象成极为简洁的四句共十一个字,经过了层层过滤删刈和反复的自我说服。在这些趋于抽象的画作中,笔墨脱去了形象和身世,只留下一组纯粹的线条自由地旋舞,有种抖落枝叶的简洁与直接,主干愈发清晰地凸显出来。比如2018年六人展上他展出的许多作品就是如此,他从天宇中索来的线条,拧卷、缠绕,而又金光四射,有的如头顶拉伸旋转的朝霞,有的如大爆炸后高速运转的星云,横亘古今。

"时至中年,我在汉字这个故乡之中,又加入笔墨——青年时代把汉字认作故乡,中年时期又把笔墨认作了故乡。"[2] 但这个"故乡"有时对于他人来说其实是一块禁地,所以我就从门外看看,还好我随身携带了自制放大镜,它也许是偏光的,甚至是逆光的,但无论如何光线始终在牵引着我们的眼睛。

---

[1] 邵川. 林散之年谱[M]. 南京:江苏凤凰文艺出版社,2016:148.
[2] 车前子. 故乡:晚饭地[M]. 老车·闲画. 哈尔滨:北方文艺出版社,2015:1.

"软硬"兼施话秋一

我和秋一谈不上很熟,实际上我和他真正认识才一个月左右。十月三十日下午,刚好是周末,我在他的画室里坐了两个小时。但是他的画我早就看过一些,觉得很有意思。所以对于年底在本色美术馆举行的"本色·秋一"画展我很是期待。那天我去得比较晚,但几乎所有作品我都看了一遍,让我对他有了新的认识,从觉得有意思转而感到一种身心的震撼。

初见秋一,根本无法将他与印象中的苏州、江南联系起来,那种粗犷、磊落将江南斯文与风雅扫落一地。这种北派风格倒是与本次画展很是相符。本次画展中大部分作品都是超大尺幅的,看起来有一种顶天立地的味道。特别是其中的两幅作品是画在美术馆四米高、十来米长的两面墙上。这两幅作品中遒劲的树干,仿佛来自远古,从地底向上生长,穿过地面,在墙上蜿蜒纵横,无风自动,无限生长。它们充塞天地之间,兀自伸展。我曾见过布展时他站在高高的脚手架上认真画这两幅壁画的情景,就像米开朗琪罗为西斯廷教堂的穹顶绘制《创世纪》一般,灯光将秋一的剪影投在墙上,与画作融在一起,他成了自己的画中人。这是一种辛苦的劳作,也是快乐的创作。车前子戏称秋一为"民工",这个称谓里有一种很坚韧的东西。我以前说秋一有些画如山海经,看了这次的作品,我觉得它就是盘古开天辟地,有一种生灵在天地间自由呼吸的感觉。他的笔触粗粝、浓重,酣畅,大开大合,有一种蛮悍的野性之美。他的人物粗手大脚,额头前倾,在山川间自由呼吸,吞吐天地,仿佛前世先民,仿佛老子再世,一洗秾丽、纤细的江南趣味。让人想起还有断发文身的苏州,还有五人墓碑记的苏州,还有壮士悲歌的苏州。

这样一个落笔便充满了一种蛮荒感的画家，却说他最喜欢魏晋时代，让人不由低头多想一会儿。车前子曾引用雨石点评秋一的一句话：秋一外表很威武，内心是缠绵的。我非常认同这一点。所谓"缠绵"，即一种心底的柔情。因为艺术是诉诸心灵的，所以它触及的必定是人心底特别柔软的一部分。秋一是粗中有细，细看他画中的人物，在粗手大脚之外大多憨态可掬，特别是人物的眼神，往往有一种调皮的情态在里面。这种柔软尤其表现在，他将画中的人物放在广阔的天地之间，费尽心思为他布置好了歌哭、坐卧、行思的空间，又用厚厚的石头或云彩将他包裹起来，这是一种柔软的质感，仿佛泰坦巨神将人类的婴儿捧在手中，仿佛仁慈的地母对世间万物的裹缚。在层层包裹浓厚深重的高山巨石之间，修行的人仿佛一盏灯，点亮了这世界，同时又用他柔软的肉体与坚硬的山石相砥砺，磨穿了世间的恐慌。这种修行，显现的是一种静，一种稳，我猜它也正是秋一所追求的东西，自然自得，百无挂碍，纵性所如。而他用粗粝的笔触一圈圈画出来的，我本以为都是坚硬的石头，但两幅壁画告诉我，它还是不断生长的枝丫。而在另一幅画中，它们变成了一片云头花朵，如同一片出窍高飞的灵魂一般。这说明它从硬走向软，有了飘逸的一面。画展上还有一幅百猫图（实际上是80只），一只只活泼可爱的小猫憨态可掬。在我的印象中，只有老舍这等性情温良的人才会喜欢猫，但秋一不仅画了猫，而且一画就是80只！画展开幕当天晚上大家在太湖边一酒家聚餐，餐罢，秋一豪情大发，与车前子一起，一口气为酒家创作了十几幅字画作品。那劲头，如果有谁不让他画，他会跟谁打上一架。这是柔情的另一种表达。

秋一画作的落款是"吴门无门无斋"，在传统厚重得可以压塌人的脊梁的"吴门"，秋一却是"无门"的，他藐视门户之见，自己为自己立法。他不仅是"无门"，同时也"无斋"，书斋从来是学问、身份的象征，可他不需要这些身外的东西。他谦逊地说自己不会画画，但这也可以看作是极端自信的另一种说法，就像梁启超上第一课时所说的："兄弟我是没什么学问的。"稍微顿了顿，眼睛往天花板上看着，他又慢悠悠地补充一句："兄弟我还是有些学问的。"会与不会，有与没有，全在一念之间。

纸上烟云，江南旧梦

——读孙宽画作

在当下画坛上，孙宽是一位个性独具的画家。他的水墨作品长期专注于对苏州园林山水的艺术呈现，平淡守拙，孜孜以求，流泻出一种清幽旷远的境界，表达了自身对散淡、从容的艺术精神的执着追求。读孙宽之画，如步步登楼，愈往上则视野愈开阔，风景愈佳，烟霞满怀。

孙宽的画，首先让人感到的是一种罕有的平静与清凉。这平静是精神内心经过艺术过滤后的澄净，如夏夜凉亭独坐，清风带着荷香掠水拂来，一扫尘垢与叨扰，得一精神之大自在。此种大自在难得，得之，艺术、信仰之道而已。清人戴醇士有一则题画跋云："青山不语，空亭无人，西风满林，时作吟啸，幽绝处，正恐索解人不得。"庶几此之谓也。孙宽的园林画，深曲有致，雅丽清芬，读得愈深入、愈缜密，它呈现出来的就愈丰富。初读只觉其繁复、明丽，有精美绝伦之感，比如《清响》，又如《院里山水》，花木扶疏，山石嶙峋，松柏斜倚，一池碧绿，全以工笔细描精雕细琢，捧出的是精美的艺术品，以细腻、精致出之，如青春流年步入华美芳草地，不放过一丝美的颤动。然而，清晨案头，深夜灯下，细细读去，却又有新的发现：那《清境》里溶溶月色独独照耀的一方院落，那《秋寂寂》里远离墙院低声细语的枯荷，那《曲廊流影》里一簇簇撞向廊桥脚下的内心细语，实是无上清凉世界，流连其间，俯观仰卧，可抵十年的尘梦。

再读，就会发现孙宽的画还体现了一种自在的艺术精神。孙宽在艺术上是有洁癖的。他立亭台、顺回廊、写水波、堆山石、筑小桥、摹烟云，但就是不让世俗之物、常态之心在他的画中有立足之地。他将这一方艺术的天地,打扫得干干净净,在他的画作里,甚至从没出现过人!但人的影子其实就在山石草木之间,人已经融入了这水墨之中,人在其间走动、坐卧、吟咏,与造物化一,"与天地精神相往来"。在笔墨表现上,孙宽常以疏淡之笔出之,显出一种消散、淡远之境,但又充满了生气和诗的韵味,正所谓"淡墨写出无声诗",表现出一种"表里澄澈,一片空明","洗尽尘滓,独存孤迥"的艺术人格。一座被画家移到纸上的梦的展览园,如此之空,又如此之满,珍藏了经世的赏心乐事与良辰美景。多么谦逊的丹青之手,从不打扰那些可能的世界,仿佛是从不忍心打扰内心的一丝期盼,让它自己呈现,让它们自己说话。我在他的画里唯一见到的生灵是一只白鹤,它超迈高蹈,怡然自得,在城市山林间自由生息。当人世的目光聚焦它时,它如一位美丽的舞女,单腿独立在桥头,张开的双翅,仿佛那遗世独立的美神的化身。自由独立的精灵,抛却了世俗诱惑,抛却了爱欲与纠缠,抛却了三生三世,甚至抛却了身体与意念,在纵浪大化中,不喜不悲,不忧不惧,它在沧浪亭的后花园小径上吟哦之后,步伐突然加快,从月洞门一竦身,瞬间遁入近水远山的大平静、大自在。

大哲人黑格尔说:美是理念的感性显现。在孙宽这里,园林无疑就是他最高审美理想的感性显现。这种显现纯粹是精神的静观,是与物混化,身心俱融。繁华世界,喧闹嚣嚷,精神之梦无从栖息。而在这墨色围起来的精神之境中,独有一真淳之世界。孙宽画过很多园林,有过去的园林,现在的园林;也有记忆中的园林,想象中的园林。然统而言之,他画的其实是一座园林,是园林本身,是元园林,是承载着他的江南旧梦的艺术精神的独立显现。这种显现,一方面是发散,是发抒,静以观物,澄以散怀。另一方面,也是一种筛选与寻找,期待着在卵石的花步小筑上,不时走来三两知音,可以携手赋诗,月下饮酒,花间醉眠,琴上听声,一了生之烦扰。刘若愚先生说:"中国诗歌里没有时态,这使得它往往带有一种无时不在、无处不存的性质。"[①] 其实,中国画也一样,它们总有办法让

---

① [美]刘若愚. 中国诗歌中的时间、空间和自我 [J]. 莫砺锋,译. 古代文学理论研究,1981 (4).

羲皇的车轮为艺术的线条所羁绊,让时间的金箭停滞。即使如《一池秋水总宜诗》《春水长》这样的作品,也既是季节的,又是超季节的;既是此在的,又是彼岸的;它呈现一个时间,又包含一切时间。当我们化入那纸上的笔墨烟云之中,时间的标识就会被忽略,"坐久落花多",在物我相对之中,而沉浸到那消散、澄明之境中,生与死、过去与未来、愁与怨,它们的边界线都在此消散、模糊。

最后,孙宽的画体现了艺术对生活的超越。艺术是生命的自由呼吸。当生命脱下衣袍和铠甲,真切地意识到它自身,意识到它必须在自己的身体上呼吸时,艺术就从主体的影子中站立而起,并走出来,来到阳光下。宗白华先生说:"魏晋六朝是中国政治上最混乱、社会上最苦痛的时代,然而却是精神史上极自由、极解放、最富于智慧、最浓于热情的一个时代。因此也就是最富有艺术精神的一个时代。"[1] 板结的土壤松动了,精神的灵气随之逸出。无独有偶,著名美学家朱光潜先生在他的名作《悲剧心理学》中曾引用过一个故事,伟大的波斯王泽克西斯在看到自己统率的浩浩荡荡的大军向希腊进攻时,曾潜然泪下,向自己的叔父说:"当我想到人生的短暂,想到再过一百年后,这支浩荡的大军中没有一个人还能活在世间,便感到一阵突然的悲哀。"[2] 生与死的局限是根本的局限,死亡凌驾于生命之上,不时显露出它狰狞的面孔。而艺术则是一个最近的隧道,这隧道不是遁逃,而是一种超越,一种无限,是精神向自由的敞开,御风而行,是拔地而起后四方自由的观照。作为"有限对无限的乡愁",艺术给我们提供了一种精神的慰藉。孙宽的画作创造出一个绝对的艺术世界,它是独立的,充满了一种伟大的自由精神,将我们从庸常生活中超拔出来,置换到一种超越时间和空间,超越生与死的美感观照之中,并在此一观照中导向内心的平静,悟得艺术所创造出的永恒。

除此之外,孙宽在笔法上也不懈追求,力求用具有高度生命力的线条提升作品的表现力,将古典园林苍茫淡雅与秀丽清芬兼而有之的特点很好

---

[1] 宗白华. 论《世说新语》和晋人的美 [M]. 美学散步. 上海:上海人民出版社,2005:356.

[2] 朱光潜. 悲剧心理学 [M]. 北京:人民文学出版社,1983:1.

地表现出来。孙宽出身于书画世家，耳濡目染、墨香浸润，自小种下了艺术之根。当然，把眼光放宽一点看就会发现，他的传承源流更其遥远，那是自沈周以来吴门烟水的迢迢流淌。"人家尽枕河"的源流之水润泽无声，轻轻敲击着墙根桥头的秋思与凝望，他一定是在这浸润之中敏感地捕捉到了自古以来奉为圭臬的艺术真谛。南朝齐国人谢赫在《画品》中提出了关于笔法的"六法论"，成为中国古代品评美术作品的标准和重要美学原则。六法中第一条是气韵生动，第二条便是骨法用笔。用笔要讲骨法，要有力度，它应该是沉稳、厚实，透出金石趣味，唐代张彦远解释为"生死刚正谓之骨"，这是将画格与人格联系在一起。孙宽远追先贤，着意经营，在他的创作中，将笔墨与自己对生活与艺术的感受较好地融合到了一起，比如《艺圃》《见山楼》等作品，用笔严谨而灵动，深厚而秀润，画面淡雅清新，深得传统笔墨之意蕴。但见草木茂密葱茏，山石重叠巍峨，苍茫之气跃然纸上，体现了画家的精神涵养和内心修为。画石头，他并不一味地堆叠情感的块垒，而注重以骨力写之，有时是如风吹过，那些石头仿佛风的雕塑，是他用锋利的艺术之刃切下的风的剖面，整齐发白，在枝柯繁花之间，挣扎欲起，显露着峥嵘；有时它们突然获得了金刚之身，在《石不语》《石头记》系列中，那种尖锐、硬朗，像被突然贯注了勇猛精进的意志，仿佛可以谛听到铮铮的金石之音。这些或葱郁、或勃发、或刚硬的不同情态，投射出的正是那握笔之手后面多感而丰富的内心。

据说李可染先生曾有一枚印章，叫作"废画三千"，意思是不要因为怕画坏就墨守成规，要突破创新，同时也是表明一种老老实实的创作态度，把整个生命力投进去，如"狮之搏象"，全力以赴。同样，孙宽在他的园林画的练习与创作上也是勤勉有加，临习不辍，几十年"搜尽奇峰打草稿"，念兹在兹，心无旁骛，佳作迭出。因了孙宽的这一方云蒸霞蔚的纸上烟云，我们在欣赏、感叹之余，也终得一慰心底的江南旧梦。

梦里青绿，诗意田园

——读陈危冰画作

20世纪80年代，当陈危冰第一次读到沈石田的《东庄图》时，他脑海里跳出来的一个念头就是："以后我也要画这样的画。"[①]

三十多年后的2015年，他果然创作了一组共12幅《东庄图新编》，有着和沈周《东庄图》同样的田园风致。其实在此之前，他已经在经营田园风光的丹青之路上走了很久，创作了《渔港春色》《青山澹冶》《片水无痕浸碧天》等代表性作品。但是仔细对比沈周的《东庄图》和陈危冰的画作，我们会发现，沈周的《东庄图》始终不脱文人画的影子，而陈危冰《东庄图新编》中的乡村野趣和田园真味要浓烈得多。因此，可以认为沈周是陈危冰绘画上的引路人和精神向导（沈周，字启南，号石田，而陈危冰将斋号定为南田堂，以志纪念的味道很明显），但陈危冰并没有亦步亦趋地紧紧跟随，而是经由个人的心性选择，着重发展了沈周绘画中的田园风味这一方面。吴中自古绘事繁盛，名家辈出，"吴门画派"影响深远，几百年间文人画独领风骚，陈危冰反其道而行之，以野趣破题，为自然张目，透出一股清新、自然的田园之风，书写一道独特的风韵。

中国画品类众多，而陈危冰独独选择了山水田园这一路，一定程度上是埋藏在心底的深层童年记忆的呼喊和复现。陈危冰是苏州人，祖籍浙江诸暨，他从六岁起就被带到诸暨的山村里，读书、生活、嬉戏，在日出而作、日落而息的原生态农村生活了多年。他和小伙伴们一起放牛，割草喂兔子，去池塘里摸鱼。在山水间和日光下，他的身体和心灵都在壮实地生

[①] 陈雪春，鲁云亮. 陈危冰·有这样一个田园庄主[M]. 上海：文汇出版社，2014：11.

长，如同滚满地头的南瓜或山芋，饱满结实。以至多年以后，他还饶有兴致地回忆起上课时在暖手的瓦罐里烤豆子的情景，更忘不了敬爱的祖父带着他在月光下的池塘里洗脚的画面。田园山水间承载的是童年的梦境，是一个满满的回忆空间。陀思妥耶夫斯基曾经说过，童年在一个人的一生中占有特别重要的地位。文艺心理学也认为，作家和艺术家的童年经验在相当程度上决定着他对创作路径的选择。每一位艺术家在观看世界的时候，都有一种预设的精神基础和心理图谱，他们是戴着记忆的特殊眼镜来观看世界的。他对自然和世界的再现、对客观的反映是带有主观情感的，是经过心理机制过滤的。而这一切的基础正是童年所生成的只属于个人的观照方式和审美体验。所以，陈危冰的田园梦是童年种下的种子，到年轻时遇到了沈周的《东庄图》为他添枝加叶，于是开花结果，成就了这一片梦中的青绿山水和诗意田园。法国作家弗朗索瓦·莫里亚克说："艺术家在童年时代储备了大量的面貌、身影和话语，某一形象、某一句话、某一段故事使他感动……而在他毫无觉察的情况下，这些都在悄悄地激动着、活动着，在特定的时刻将会突然冒出来。"[①] 艺术家之间的欣赏与惺惺相惜，最根本的是相近的审美趣味和精神图景，这种心灵上的契合可以跨越时间和空间。我想陈危冰正是在接触到《东庄图》的那一瞬间，童年时在乡村游戏、玩乐和生活的场景突然获得了一个契机，将它的丰富、生动和梦幻般的色彩一下重新端现在他面前，并强硬地霸占了画家的笔端，要求画家将它以深情的笔触展现出来。艺术是情感的表现，这种植根于童年深处的情感记忆使他念兹在兹，所以我们也就不难理解，为何陈危冰的画作大多有一种梦幻般的恬静与清丽之美，因为这是他隔着几十年的时光远远地对天真童年深情的回望。这时没有了少年的激越和青年的强悍，有的是心如止水的平和与恬静，还有一种浓得化不开的怀念与恋想。

　　对于陈危冰来说，田园山水还是一个梦境，一次心灵之旅，一个可以在其间悠然自得的想象空间。从根本上说，他这梦中的青绿，乃是乡愁的氤氲，是回忆的丝缕，是工业时代浪漫抒情诗人的回眸一瞥，就像海子以无限的执着唱响中国几千年农耕文明的挽歌。中国自古是农业大国，几千

---

① 刘柏盛. 法国文学名家［M］. 哈尔滨：黑龙江人民出版社，1983：279.

年的农耕文化源远流长,时至今日,这农耕文明的脐血仍然隐隐地在每一个中国人身上流淌着。现代工业文明和城市文化虽然灿烂、耀眼,但它们只构成一种外在的景观,而不能成为灵魂的风景和栖息地,田园仍然是中国人最后的精神家园,田园是每个人的梦,所以历史上吴中的文人士大夫,才如此热衷于建造私家园林,在城市山林间体验山野乡情之趣。因此,陈危冰与山水田园的相遇,是审美心性选择的必然结果,他们相逢有缘,相见恨晚。他曾在《徜徉在田野沐浴》一文中说到他经常去国内国外,"但是到哪里,我总也不会忘了去看一眼那儿的乡村、田园",他形容这时的心情"就像教徒去做礼拜、去朝圣一样,我犹如身心沐浴了一般"①。在朋友们的印象中,"他几乎每个月,甚至每周都要抽时间到农村到乡村,去写写生,拍拍照片,田头看看,流连忘返,乐此不疲"②。他甚至乐此不疲地在许多作品中对草垛进行绘写,比如《乡情》《秀野新沐》《江南原野》《村村篱落总新修》等画中比比皆是。法国印象派画家莫奈也喜欢在不同时间画同一堆草垛,以呈现出在不同光线环境下,草垛的不同形态。在陈危冰的画中,这些乡村秋天丰收后的剩余者,在田间地头,呈现出乡野的空旷和静谧,而在2007年的《萧萧几点秋》中我们甚至能看到草垛上濡湿的露水和炊烟飘过的痕迹。这显然是长期观察、体会和练习的结果。傅抱石说:"中国山水画的写生有它自己的特点,有别于西洋画中的风景写生,中国山水画写生,不仅重视客观景物的选择和描写,更重视主观思维对景物的认识和反映,强调作者的思想感情的作用。在整个山水画写生过程中,必须贯彻情景交融的要求。作者通过对景物的描写来反映自己的思想感情,首先要选择写生的景物。合于自己的兴味才能触景生情。"③ 联想到陈危冰经常到田园野外去写生,总喜欢往山村里跑,可以说,这种写生不仅仅是为了技术的训练、题材的储备,更是个人精神的朝拜,灵魂的洗礼。所以陈危冰在《远山》的后记中直言:"'田

---

① 陈雪春,鲁云亮. 陈危冰·有这样一个田园庄主 [M]. 上海:文汇出版社,2014:54—55.
② 陈雪春,鲁云亮. 陈危冰·有这样一个田园庄主 [M]. 上海:文汇出版社,2014:131.
③ 傅抱石. 傅抱石论艺 [J]. 中国画画刊,2010(2).

园山水'而今已经成为我的精神家园。"① 当今时代，工业的犁铧粗暴地撕裂了传统文明的地表，那些正在消逝和即将消逝的乡村风景中，有着数代人的念想和寄托，而画家用青与绿、用光与影、用痛与爱、用笑与泪将它们存留下来。所以，最终对田园的描绘超越了普通的艺术创作，成了陈危冰的一种精神寄托和心灵需要。这是艺术家的宗教，每位艺术家都有他自己的上帝，只在一个人的时候祭拜。

中国传统艺术讲究诗书画不分家，尤其是书画本来在笔法上就是相通的，所以很多画家都追求诗书画的融合，陈危冰所倾心的沈周即为其中一个很好的实践者。在这方面，陈危冰也是心慕手追，临池不辍，诗书相伴，下过不少工夫，努力让诗书画浑融一体，求得一种整体的艺术之美。据他自己说，他曾经拜苏州书法名家谭以文为师，跟随在谭老师身边专攻书法好几年，打下了很好的书法基础。不过从题款来看，他的字受黄山谷的影响更大，大多显现出一种峭拔、尖硬之美，在节制之中蓄积力量，隐而不发。在诗歌上，他喜爱的是"中兴四大诗人"之一的范成大。这种倾心，是一种艺术趣味上的相互吸引，比如《雨后山家》题款正是范成大《晚春田园杂兴》中所描绘的"雨后山家起较迟，天窗晓色半熹微。老翁欹枕听莺啭，童子开门放燕飞"。范成大的《四时田园杂兴》，一洗以前诗歌中对乡村和农耕的蜻蜓点水，直接将农事、农人入诗，一种清健、芬芳之气溢于纸面，与陈危冰的青绿田园相得益彰，天衣无缝，可称绝配。另外，比如《野禾成穗》题的是金元好问《岳山道中》："野禾成穗石田黄，山木无风雨气凉。流水平冈尽堪画，数家村落更斜阳。"它们有着相似的风致。另一幅《疏篱野老家》题宋仙村人《春日田园杂兴》："芳草东郊外，疏篱野老家。平畴一尺水，小圃百般花。青箬闲耕雨，红裙半采茶。村村寒食近，插柳遍檐牙。"这首诗从风格上说与范成大《四时田园杂兴》很神似，但是作者仙村人少有人知，如果不是通过检索，我们也许根本不知道这位诗人的存在，因为这位诗人在《全宋诗》中仅仅收录了此一首诗，由此也可见陈危冰在追求诗书画完美融合方面的着意和用心。

1998 年第一次获得全省山水画大展铜奖的《苇岸无穷接良田》基本

---

① 陈危冰. 远山［M］. 苏州：古吴轩出版社，2015：220.

上奠定了陈危冰以田园风光、乡土人家为主要表现对象的恬静、清丽的艺术风格。但他一直在求新求变之中，从色彩、笔触到精神世界，都一直在调整。跟踪阅读他的作品，会发现越到后期，越显现出他对田园的独特理解，这是笔墨、阅历、心性综合作用的结果。具体在作品中，就是逐渐从篱笆一角、田畴半亩等乡土景物的具象呈现，转向对农耕文明、田园景观的整体性表达，转向对个人内心想象和精神回忆的追寻。从2010年起，他陆续创作了《秀野新沐》《渔港春色》《青山澹冶》《瓜熟蒂落》《秋收季节》等一大批作品，在这些大尺幅的作品中，他力求通过大视野、全景深的表现，以细腻、清丽的笔触，写出心中深藏着的田园牧歌的景象。

　　正如一位论者所说，"绘画对于陈危冰而言，是一种类似自我心灵的回忆"①，而打动我们的也正是这回忆风景中的那一抹动人的青绿。

---

① 陈雪春，鲁云亮. 陈危冰·有这样一个田园庄主［M］. 上海：文汇出版社，2014：133.

敏悟常与变，合道得天真

——画家张小芹印象

明代王穉登在《吴郡丹青志·序》中说："吴中绘事，自曹顾僧繇以来，郁乎云兴，萧疏秀妙。"一个生长在姑苏城的人，出则园林在望，花木扶疏，清流映带左右；入则清茶在手，丹青长卷，墨香四溢悠长，生之境即画之境。几千年的绘画传统化成了日常生活和一日三餐，在这种环境里生活久了，很难不迷上绘画。而对于张小芹来说，传统的含义却稍微有所不同，她的面前有一大一小两个传统。所谓大传统，即所有习画者皆朝夕悠游其中的数千年中国画传统，吴带当风，曹衣出水，历代大家辈出，杰作纷呈，蔚为大观。这其中，当然也包括执画坛几百年之牛耳的"吴门画派"，沈周、唐寅、文徵明、仇英……一个个如雷贯耳的名字，其文人情怀，风雅卓识，泽被久远。对于先贤巨匠，张小芹满心追慕，倾心向学，这些年来她遍临吴昌硕、虚谷、扬州八怪等大师的作品，不断揣摩、研习、印证，从中吸取艺术营养，走上了一条高起点的艺术之路。

而小传统就是她的父亲张继馨言传身教。由于有了亲情的加入，对她的影响可能更加直接、更加明显。张继馨先生是吴门现代花鸟画大家张辛稼的入室弟子，当代吴门画派写意花鸟画的大家，他工笔、写意兼收并蓄，花鸟、树石、草虫、瓜果样样皆精，成为继张辛稼之后吴门花鸟画的领军人物，在国内外画坛享有盛名。这样一个艺术大家，在女儿的眼里，他的形象就变得更加具体而细致。据张小芹回忆，她小时候，由于母亲下乡，她是跟着父亲长大的。父亲外出写生时总是带着她，天天在姑苏城外的山里转悠，狮子山、花山、天平山、天池山，一画就是一整天。"父亲画画非常认真,他对草虫总是从外部神态到内部结构都反复进行研究,同一只虫子,从上、下、前、后、左、右不同的方向他画出来的是不同的神态,非常生动。"五月里的一天,当我们在张继馨艺术馆参观时,张小芹缓缓道出了记忆中父亲给她的印象。父亲总是沉浸在写生绘画之中,她时时围绕在父亲左右,看得多了,有时也忍不住学着画上几笔。日日在山上转悠,她对漫山遍野的那些蝈蝈、蚂蚱、鸡冠花等虫草的神态、动作也就一一记在了心里。高中毕业后,她又跟着父亲进了吴门画苑写稿打稿,成了父亲的一名助手。1972年,父亲被"721工大"(苏州市职业大学的前身)聘为校长,张小芹又随父进入苏州职大绘画班学习,并学完了相关课程。也正是这些看似不经意的学习,埋下了她在四十多岁走上绘画之路的因缘。一个人出身于丹青之家,却迟至四十多岁才开始学画,这心收得是不是够晚的?不过,想想徐渭45岁才弄丹青,而石涛更迟至50岁才学画,也就不能算晚。何况,开窍之后,她就每天沉浸在笔墨之中临习作画,时时与笔墨纸砚相伴,十余年来进步明显,成果斐然,你又不能不说她是渊源有自,实属必然。

很难说,大传统与小传统到底哪一个对张小芹的艺术创作产生了决定性的影响。但可以确定的是,她从这些传统中充分地吸取了营养,师法古人,受益匪浅。清人秦祖永在《绘事津梁》中曾说:"作画须要师古人,博览诸家,然后专宗一二家,临摹观玩,熟习之久,自能另出手眼,不为前人蹊径所拘。"在中国历代画家的言传身教中,师法古人、与古为徒一直是一个重要的命题,甚至是不二法门。要做到"能另出手眼,不为前人蹊径所拘",前提是"临摹观玩,熟习之久",用今天的话来说,也就是光有天赋还不够,还要有大量的临摹练习,非数年之功可成。郝之辉编《跟大师学艺》中曾记载了这样一个故事,有一个官员向齐白石先生求教如何才能画好画,齐老先生没有作声,他家的看门人抢着说:"你拉一大车宣纸,把它画完。"画完一车宣纸与画好之间没有必然联系,但要走出自己的艺术之路,下苦功夫是必须的。据说,齐白石先生每天一大早就起来作画,如果遇到有事耽搁没有画的,第二天也一定把它补上,不教一日闲过。有人评价说:"齐老先生是最伟大的天才,在画画上用了最笨的功夫。"逝世前三个月他仍然在作画，死的时候还剩下20刀纸没画完。无独有偶，张小芹的父亲张继馨一生也临池不辍，八十多岁高龄，仍然如以前一样笔墨勤耕，每天凌晨四时即起画画写书法，雷打不动。至今九十多岁，仍然坚持。艺从学中得，莫向易中求。正是悟透了这一点，张小芹学画的十余年来也是每天埋首画室，墨香做伴，挥毫不止，即便再忙每天也要挤出三个小时进行创作，有时甚至会画到半夜。在她位于张继馨艺术馆的画室里，一百多平方米的房间，到处都是她创作的画作，墙上、地上、桌上，层层叠叠；手卷、条幅、斗方、扇面，各种形式，不一而足。

另外，中国画自古强调作画者人品的塑造也深深地影响了张小芹的艺术之路。人品决定画品，人格先于画格，张小芹非常注重自我的修炼与精神境界的提升。清王昱《东庄论画》："学画者先贵立品，立品之人，笔墨外自有一种正大光明之概。否则画虽可观，却有一种不正之气，隐跃毫端。文如其人，画亦有然。"历史上蔡京、赵孟𫖯虽然在书法上造诣很深，但因为人格上的瑕疵，仍不时受人诟病，蔡京甚至被逐出了"宋四家"。在做人方面，张小芹的父亲为她树立了楷模。2016年，张继馨先生将他从事绘画艺术70多年来积累的绘画、书法、印章、写生作品以及个人收藏的名人书画、古玩作品共计1578件，全部无偿捐赠给苏州市相城区政府永久收藏。这些作品见证了一位国画大师的成长和他对国画的深刻理解，具有独特的艺术价值。他将这些无偿捐出，真正将名利看得风轻云淡，他告诫女儿：搞艺术的人要"向前看"，不能"向钱看"。张小芹牢记父亲教诲，心性纯一，在创作上心无旁骛，专心临习、创作，只求艺术进步，一味埋头作画，参研笔法墨法，苦练线条布局。她从不搞拉帮结派，也不参与相互站台，一切以艺术为旨归，一切用艺术说话。在为人上，她性格率真，直爽，待人以亲，一如她在艺术上的追求，删繁就简，以画为乐，活得简单，活得纯真。我第一次拜访她，跟她聊起她生活和学画的经历，如同老朋友一般，随和自在，如坐春风。

通过长期的临习和揣摩，加上她自己对绘画的个人敏悟，张小芹较好地传承了吴门画派尤其是父亲的衣钵。然而，艺术的学习既要进得去，又要出得来，方能成就个人艺术之风格。清方薰《山静居画论》中说："学不可不熟，熟不可不化，化而后有自家之面目。"因此，张小芹师古而不泥古，既遵行传统之常，又勇做自我之变，以自家面目出之，追求艺术大道的常与变的统一，形成了自己的个性风格。张继馨先生身在吴地，其作品自然脱不了南画的印记。但是从整体风格上来说，他的画作"吸纳北派的雄大苍辣……呈现积极、阳光、宽博、生命的正大气象"[1]，笔墨雄健酣畅，枯润相间，格调清新朴茂，被人称为南宗中的北宗。从他80岁后创作的《乱石依流水》《古木交涧阴》《跳波自相溅》等作品中，仍能明显读到那份硬朗、劲健的气息。而张小芹的作品，则在继承其父豪放厚重一面的基础上，注重发挥她自身的特点，将温婉恬秀和天真烂漫相互融合，汇入其中，使她的作品显得既挺拔又不失清秀温润。如画作《红赋小湖莲》中几枝荷茎撑起了数片宽大的叶片和荷花，浓淡相间的荷叶位于画面中央且占据了绝大部分的画面，叶片上点染的水珠仍在滚动，鲜艳的红莲花掩映四周，相映相衬，笔触细腻、秀雅，仿佛一阵风过就会吹来淡淡的荷香，充满了一种浓浓的生趣。文徵明曾这样评陈道复之画："观其所作四时杂花，种种皆有生意。所谓略约点染，而意态自足，诚可爱也。"移来评张小芹此画，正合宜也。明徐渭有一首《独喜萱花到白头》题款诗云："问之花鸟何为者，独喜萱花到白头。莫把丹青等闲看，无声诗里颂千秋。"写物不仅仅是写物，而是关于生命价值内涵的追寻。[2] 张小芹有一幅《墙角数枝梅 凌寒独自开》，所画梅花卓然有别于张继馨先生梅花之铁干虬枝与明艳亮灼。这幅作品先以浓淡相间之墨勾勒出梅花枝干，旖旎而上，再以纯淡墨写出花朵，背后衬以巍峨高耸的山石，更显梅花之妖娆，别有一种清新之味道。其他如《金谷风露凉 绿珠酒初醒》画葡萄缀满露水、《秋意浓》画熟透之南瓜火红如灯等，皆自有一种内在之生机透出纸面，显示出她对生命的独特理解与感悟。

路遥有一篇文章题为《早晨从中午开始》，中年学画的张小芹有类于此。但艺术的长跑从来不是从起点开始比拼的。从根本上说，学画需要的

---

[1] 刘亚华. 借古开今 妙趣天成——从潘天寿到张继馨写意山水花鸟画呈现的时代表情[N]. 美术报，2018-05-05（16）.

[2] 朱良志. 南画十六观[M]. 北京：北京大学出版社，2013：314.

是才情，是胸襟，是识见。现在，张小芹开始了中场发力，我们期待着一起见证，厚积薄发的她在这场艺术的长跑赛上，勇猛精进，一往无前，奔跑在广阔自由的天地。

筑 梦 人

——说蔡猜的画

蔡猜是幸福的，因为她是个有梦的人，她一直在梦里打磨自己的梦，就像她不断在一层色彩上涂上另一层色彩。十几年前在"文火"诗歌论坛里与她相遇，感觉她写诗的时候是沉浸在梦中，现在看她的画，也是这种感觉。她不邀请你到她的梦里来，也不关心你对她的梦评头论足，她执着地在自己的梦中做梦。这个梦有点一厢情愿，一梦到底，又有点儿自得其乐，自喜自足。

一、创世之梦

老子云："道生一，一生二，二生三，三生万物。"① 蔡猜之道，就是用一枝画笔，两瓣素心，构筑自己的三维世界。这个世界，是暂时的，也是永恒的。是一时即兴，也是厚积薄发。正好比她无意之间发现的独特画法，她通过一遍又一遍的涂抹、上色，使画作有了更加丰富的层次感。而第一眼看上去，却有如通宵打坐后睁眼看见的微茫的早晨。这是创世之画。在这些画中，弥漫着一种混沌化育、冥顽不灵的气息。那是天地初开的时候，背景是广漠的天宇和辽阔的大地，五彩缤纷的浮云，光芒四射的太阳，冷峭皎洁的月光，树木披挂摇曳，鸟儿展翅巡游，没有方向地风独来独往，默坐的人懵懂无知地望着远方。这个世界是无声的，它远在声音诞生之前。它是奇幻的，恰似一幅《山海经》图卷。如果是晚上，抬头仰

---

① 老子全译[M]. 徐子宏, 译注. 贵阳：贵州人民出版社，1989：84.

望一定会有千万颗星星缀满夜空。

第一次看到蔡猜的画时,我脑海里马上就想到了鲁迅的小说《补天》。初读《补天》,即被里面那种浩瀚无边的画面所震撼。只见女娲醒来后,看到:

"粉红的天空中,曲曲折折的飘着许多条石绿色的浮云,星便在那后面忽明忽灭的映眼。天边的血红的云彩里有一个光芒四射的太阳,如流动的金球包在荒古的熔岩中;那一边,却是一个生铁一般的冷而且白的月亮。""地上都嫩绿了,便是不很换叶的松柏也显得格外的娇嫩。""桃红和青白色的斗大的杂花,在眼前还分明,到远处可就成为斑斓的烟霭了。"①

蔡猜的画和鲁迅的《补天》有一种东西是一致的,那就是那种摄人心魄的创世之初的情境,一方面它静寂、空旷,广大无边,无人可诉;另一方面,世界初诞的景象是如此奇幻、瑰丽、生动,画面上的每一个生物都可以称为伟大,昂首阔步,惊艳绝伦。

二、自在之梦

这些最初的生灵都是如此的自在、逍遥,如同游心太玄的庄子一般,无己、无功、无名,御风而行,随遇而安,适可而止,当住即住。总的来说,她的画所表现的是自在,而不是自由。自由是自我从世界和人性中挣脱出来,并审视、打量这世界,它是严厉的,审判的;而自在则是从精神上把自己安放在万物之中,与物浑融,纵浪大化,在太一中悠游,随性而来,随风而逝。汤一介先生祖上传有一条祖训:"事不避难,义不逃责,素位而行,随适而安。"这"随适而安"即自在的真意,随时而安,随物赋形,随时做梦、开花,虽然不一定结果。我想起了那千年前的才子东坡居士,62岁高龄时仍被贬海南,真所谓"身如不系之舟"。但东坡其人,

---

① 鲁迅. 补天 [M]. 鲁迅全集(第2卷). 北京:人民文学出版社,2005:357.

譬如河水，其流顺畅，则浩浩荡荡，横无际涯，泽被万物；击水中流，则浩荡震天，慷慨激昂，水珠飞溅；及至山间荒野，则心随物换，水声潺潺，自歌自乐。

要么蔡猜天生是一个秩序的模范遵守者，要么她逐渐与这世界达成了某种共识，至少是握手言和，如此她才在这里安顿下自己的灵魂，在这个只路过一次的世界来一段长住。自在之根一旦扎下，幸福与自足的泉水便会流遍各地。自在自得，不假外物，不看冷眼，只扎紧篱笆，握紧画笔，在自己的天空上涂抹。内在的平静与平和，给她笔下带来一种安宁感。笔触平滑，色彩平实，没有强烈的对比与刺激。据说这是她作画的独特秘诀，每一层色彩她都会用砂子对其进行打磨，让色彩之间相互渗透。这仿佛一个隐喻，灰尘与雨露一遍遍打磨我们的脸，我们逐渐有了内心的安详。

三、信仰之梦

蔡猜的自在与自得是有来由的。她的画室与佛教名寺寒山寺比邻而立，第一次在夕光中走向她的画室时，晚风吹起灰尘，恍惚是走在唐朝敦煌的崖壁边。在寒山寺高墙下的石板路上，那悠闲的漫步一定给过她诸多灵感，晨钟暮鼓在时间和落花的停留与飘零中想必揭示了更多的世间秘相。当她用笔尖灌注心力，不绝如缕的梵音也渗透进画布之中，经纬编织尘世的花朵。当她无语静坐，高高的塔尖直刺天穹，不时传来清脆的铁铃声，总会伴她茶香入梦。2015年，她正式皈依佛门，拿到了精神世界的图谱，找到了精神的引路人。

作为绵延数千年的佛教，它无疑有着对世界图景的完整想象和解释，《西游记》即其中一种，虽然它戏拟的是人间，但它是自足的，系统的，周全的。与蔡猜交流时你会发现，她对世界也有自己完整的看法和想象。这不仅仅源于精神的顿悟，更多的时候，她把看法与想象埋藏在色彩、构图和光线之中。拿到了地图的人，把线索又藏回了色彩地图之中。香烟缭绕，梵音阵阵，这本身就是梦境。一人，一画，一生，这也是梦境。朦胧的空间中，线条有时迟疑不决，有时勇往直前，色彩与色彩之间相互对话、和解、放大，光影与时间之间激烈对峙又深情拥抱。它们都在召唤你我入梦。佛家有言，人生即一场梦。我说，梦是人类一切文化心理的本质所在。但此梦非彼梦，梦中更有梦。蔡猗心思既定，心无旁骛，此时，想必她已梦得更深。

我不作画，也不懂画，算是化（画）外之人，写点儿不着边际的话。我写的是蔡猗之梦，广而言之，一切文学艺术都是梦，所以，以上所说，都是梦话。

下 编

"渭北春天树,江东日暮云"

——读徐贤画作

一

古人云:"静以修身。"又说:"静而后能安,安而后能虑,虑而后能得。"① 读徐贤之画,识徐贤之人,印象最深者即一"静"字。今年五月的一天,飞鸣兄陪我去吴作人艺术馆拜访徐贤。徐贤身材颀长,眉目清秀,涵养有加,如园林中的深潭,不轻易外露。他的工作室并不大,约十几平方米,正中间是几张桌子拼成的巨大的工作台,占去了房间的一大半,无可争辩地形成了房间的核心,周边围放着一张茶几和几把椅子,剩下的一点点地方作为过道——这一布置恰巧类似于一个"画"字。从这个布置可以看出,徐贤的日常是以作画为中心的,这一方斗室即他的静修室,是他战斗和工作的堡垒,他每天就在这里与丹青对话,与笔墨晤谈。据说他十多年前在文广新局工作,从那时候起,每天都要在工作之余,捉弄笔墨,写生作画。有时因为工作忙落下了日课,接下来两天也要找时间把它补回来。于他而言,艺术创作已经是另一份工作。对于以工作态度来对待艺术创作的艺术家,我一向保持一份特别的尊敬。世人常常把艺术看得太玄妙、太高蹈,以为艺术之得要么难如徒手上青天,渺不可得;要么轻易如风起树杪,唾手可得。殊不知,艺术创作本质上是一种战斗,是以匠心向自然和人世索取来的一份珍贵的礼物。连王羲之都有池水尽墨的故

---

① 大学·中庸[M]. 王国轩,译注. 北京:中华书局,2006:3.

事，况平凡如我辈乎！英国首相、诺贝尔文学奖获得者丘吉尔曾建议一位青年作家每天9点走进书房对自己说："我要写作4个钟头。"米开朗琪罗在为西斯廷教堂绘制穹顶壁画时，他将自己当作奴隶一般来役使，用了四年多的时间才完成了这幅最大的壁画《创世纪》。用艺术的魅力将自己吸入其中，用不停的劳作圈住自己，同时又因这劳作而不断回馈给自己艺术的自由和心灵的享受，这是最高的奖赏。一个全身心投入工作之中的人，他的内心必是虚静的，因为里外皆被艺术所充满。他要尽可能将自己掏空，为了充入更多的艺术的灵气。如同一支毛笔，必须先将水分挤干，才能吸入更多的色彩。这解释了为什么徐贤的画作在静气之外，还有着色彩之明丽。

徐贤有一字号"少言"，这个可以读作"少（shǎo）言"，意为笔墨勤耕，但少言语，这颇合好古之士"敏于行而讷于言"的古典艺术精神。但我第一次看到这个名字时，潜意识中却是将它读作"少（shào）言"的，少者，有少年、初生之意，新鲜健朗，如同艺术之花上颤动的露水一般。我没有向徐贤本人求证到底哪个读法正确，但让我臆测的这不同的字号无疑从不同角度勾勒出徐贤精神和气质的不同侧面。人创造作品，作品也塑造人，此即石涛所谓"借笔墨以写天地万物而陶泳乎我也"，"陶泳"即塑造，所以人和作品本质上是一体的。因此，徐贤身上的静气与他作品中的静气既相互生发，又同源合流。其结果，显现出一种既清且静的艺术之境。读他的很多画作，比如《虚亭落翠荫》《远岸秋沙白》《静幽图》等，往往有一种冲动，就是让自己逃脱立身之处，一点一点逸入画境的一山一水之中。

二

作为由吴门画派所滋养而生的画家，徐贤的画作着重绘写吴中山水，尤其是太湖风光。他在《彩墨写太湖》一文中曾说："我把江南太湖作为我近年来绘画的表现对象，是由于它自身的地貌个性吸引了我。"他力求"超越山水云树的具体形貌，进而去把握自然山川的生命本质"。由此，我们知道那些或清丽、或苍茫、或润泽的画作背后，其实是他与山水"神遇而迹化"，是某一部分生命瞬间的留痕。笔墨将自我凝入作品之中，于是人与画在精神上得到一种融合，画有了活的灵魂，人有了天地的气运。我常常想，徐贤身上的那种恬淡，虚静，可能正得之于他对太湖的全身心投入的观察、体悟与再现。从一笔笔描摹中，太湖的广袤、渊静，一滴滴沁入他的细胞中，笔墨精神慢慢赋形。身体里有了这份大湖之涵养，于是落笔从容，不躁不急。在一方宣纸上写出万顷波涛，这是一种境界。

在徐贤的太湖山水中，常常有大片的留白，多在画面的中间位置，所占面积少则五分之一，多则三分之一，而《姑苏城外》和《江南好》两幅画作，竟几乎全是空白。画面有了留白，好像打通了呼吸，画面开始吐纳，显得更加蕴藉和从容。一幅画里要放进去的东西太多了，太满了，于是画家强制性将它们推开，空出了大块的地方，好摆放那些回忆和深情。这些留白就是太湖，三百万亩，含太虚、养精魂，在其中涵养久了，画家也把自己的心胸扩展到那么大，记忆和心神都是一棵水草，在其中晃动着。这就是水，水性，静水流深。其留白之最典型者，当为《具区临晓发》这件作品，画面左侧是一排峥嵘耸立的高山，山脚下有安详的墙院，在画面的右方是贯穿上下的留白，那是不舍昼夜的川流，这大河之上只有一轮朝阳衬着孤帆点一两点。这幅画很容易让人想起太白的那两句"孤帆远影碧空尽，唯见长江天际流"，但给我印象最深刻者则是画面上山河并峙所透露出来的那种独特的艺术构思和眼光：一山崔嵬，有高耸之壮美；一河流泄，有古今之感慨。一画之中，时空并置，一高一远，好像要撕裂画面，但又相安无事，和谐共美。

留白是一种距离的设置，画面上拥挤不下的东西都在其中，所谓以一当十、知白守黑，而读画者也可以另外加入自己的想象。北宋郭熙在《林泉高致》中说："山水，大物也。人之看者，须远而观之，方见得一障山川之形势气象。"可见，距离很重要，拉得近又要推得远。我常常想，古时之人，从百里之外的洞庭太湖到苏州城，清晨即起，可能当天无法返回。当他们慢慢地坐着船，在水上荡漾，在这相对漫长的时间里，可以发展出非常丰富的想象来。反过来，城里人到太湖出游一次也是如此，时间和空间的距离使得心理上产生一种余裕之感，悠闲之情，悠哉悠哉间就遁入了艺术之境。徐贤那些画作中的空白之处，也许正是古人饮酒赋诗、抚琴赏景的时刻，在时间将它们洗白之后，只有艺术能借助想象使它在另一历史时空重现出来。

三

在与徐贤聊天的时候，他一再提到要改造绘画语言，可以看出，他有一种强烈的变革意识，这种变革首先体现在色彩的运用上。徐贤看起来比较文气，但是他有一些画作却是浓墨重彩，他对色彩的处理与许多画家并不太一样。比如《青山含翠玉》《叠翠图》《湖山清音》等作品，色彩艳丽而明亮，甚至有种油画般的效果，给人耳目一新之感。关于色彩问题，同为当代吴地画家的车前子有一个论述："一时期有一时期颜色。这颜色集中又曲折地表达这时期的政治、经济与文化。'青绿山水'和'浅绛山水'就是两个例子。政治、经济、文化被提纯为一种颜色，在文人学士的心中就成某类心态。颜色会使我们找到颜色背后隐藏的事物。"[①] 自有水墨画以来，由于传统文人所占据的垄断性地位，中国画崇尚淡墨、贬黜色彩成为主流，近千百年来鲜有改变。对此，徐贤有着自己的看法："重笔墨、轻色彩，以单纯为上、繁复为下的审美定式，把水墨画的发展达到登峰造极的地步，也使中国画传统的色彩走向衰微。"因此必须"以新的色彩意识来拓展中国画创作的表现力，丰富和拓宽已有的表现空间"，从而"实现中国画墨彩的互补，促进中国画色彩向现代的转换"。理解了这一点，就会明白他的"彩墨写太湖"在一定意义上是在向盛唐学习和致敬，以期"运用浓艳富丽的色彩，拓展表现空间，丰富笔墨语言，营造出五彩缤纷、富丽堂皇、博大而清新的艺术胜境"。

实际上，他思考的方面并不仅仅是色彩，我还读到过他的一篇论文，

---

① 车前子. 老车·闲画[M]. 哈尔滨：北方文艺出版社，2015：23.

题为《中国画笔墨结构初论》。这篇万余字的长文，引入西方结构主义理论来探讨中国画的笔墨结构，体现了徐贤关于艺术创作思考的另一面向。结构主义是20世纪世界最重要的文化、文艺思潮之一，在几十年间它席卷了全世界，影响了社会科学和文学艺术的几乎所有领域和门类，成为一门真正的"显学"，诞生了以列维-斯特劳斯、罗兰·巴特和雅克·德里达等为代表的一批振聋发聩的名字。尽管国内以结构主义理论和方法来研究文学屡见不鲜，但以之来阐释中国画的论文，就我所知，几乎是绝无仅有的。因为中国画是真正的国粹，是完全中国化了的东西，以结构主义之"矛"，攻中国画之"盾"，无疑需要很大的勇气和胆识。虽然这篇文章里结构主义理论与中国画结合得尚不够紧密，但是亦可见，徐贤志不在浅，不愿满足于搬弄"浑朴""苍润"等几个俗套的词语，他所涉猎的文化、艺术资源，使他的创作获得了更丰厚的滋养。更重要的是，这种探究，还体现了他在艺术创作上的一种自觉，他不是懵懂地被一种朦胧的感觉推着走，他开始主动对艺术进行设计、进行辨析。一个艺术家要成熟，势必会走到艺术的自觉这一步，他跳出了艺术对自己的包围，开始挨过来向艺术施加影响，按照自己的想象来塑造它，使它体现出个人化的鲜明印记。我想，也正是这一点，会助徐贤的艺术创作之路走得更远。

杜甫有一联诗分说自己和李白："渭北春天树，江东日暮云。"我觉得拿来形容徐贤非常恰当，"渭北春天树"，既喻其人之谦谦君子，有玉树临风之感，又指其作品如春深而秀美；"江东日暮云"，色彩金亮，辉煌而盛大，那正是他在画作色彩上探索的方向。